ज्ञान गरिमा के
68 वर्ष

भारतीय
ज्ञानपीठ

णाणं
पयासयं
वीर नि॰ 2470
ईसन् 1944
भारतीय ज्ञानपीठ

जगदीपजी की उत्तरकथा

(उपन्यास)

जगदीपजी की उत्तरकथा

राजेन्द्र लहरिया

भारतीय ज्ञानपीठ

लोकोदय ग्रन्थमाला : ग्रन्थांक 1014

ग्रन्थमाला सम्पादक

रवीन्द्र कालिया

सह-सम्पादक

गुलाबचन्द्र जैन

ISBN 978-81-263-1930-5

प्रकाशक :
भारतीय ज्ञानपीठ
18, इन्स्टीट्यूशनल एरिया, लोदी रोड
नयी दिल्ली-110 003

मुद्रक : विकास कम्प्यूटर ऐंड प्रिंटर्स, दिल्ली-110 032

आवरण-चित्र : शेखर राय (आकृति आर्ट गैलरी से साभार)
आवरण-सज्जा : ज्ञानपीठ कला प्रभाग

दूसरा संस्करण : 2011
मूल्य : 140 रुपये

JAGDEEP JI KI UTTARKATHA
(Novel)
by Rajendra Lahariya

Published by
Bharatiya Jnanpith
18, Institutional Area, Lodi Road
New Delhi-110 003
e-mail : jnanpith@satyam.net.in, sales@jnanpith.net
website : www.jnanpith.net

Second Edition : 2011
Price : Rs. 140

उन सभी के लिए,
जो अपने समय की एक ऐसी
अँधेरी, दहशतअंगेज़ और नृशंस
'खोह' के भीतर हैं, जिससे बाहर आने का
रास्ता फ़िलहाल नज़र से ओझल है

छोटे-बड़े मकानों की कतार में एक मकान अलग दिखाई देता है—धुँधला और धूसर! जैसे लिखावट से भरे किसी पन्ने के बीच पानी की कुछ बूँदें गिर गयी हों और धुली हुई स्याही का एक धब्बा बन गया हो! जहाँ तक मकान नज़र आते हैं वे सब रँगे-पुते, पेड़-पौधों से हरे-भरे और भीतर-बाहर की आवाज़ों-आहटों से भरे-पूरे हैं। मनुष्य और मनुष्य के द्वारा की आवाज़ें-आहटें! किसी के भीतर से बच्चों के खेलने-कूदने की आवाज़ें आ रही हैं तो किसी के भीतर से किसी छोटे बच्चे के रोने की। पर उन सब मकानों के बीच यह मकान आवाज़ और आहट विहीन है। अलबत्ता उन सभी मकानों की तरह यह मकान भी एक घर है और उन सबमें रहने वाले आदमियों की तरह इसमें भी रहता है एक आदमी, एकमात्र आदमी जिसका नाम है जगदीप प्रसाद वर्मा।

जी हाँ, जगदीप प्रसाद वर्मा रहते हैं इस बेआवाज़ घर में। जगदीप प्रसाद वर्मा से जब आप मिलेंगे तो उन्हें इस तरह पाएँगे— उम्र क़रीब 55 साल। लम्बा छह फुटिया दुबला-पतला शरीर। सिर पर बेरौनक बालों और सफ़ेद बढ़ी हुई दाढ़ी के साथ आँखों पर लगभग गाँधी-चश्मा पहने एक सँवलाया चेहरा।

जगदीप प्रसाद वर्मा के परिचित और मोहल्ले वाले उन्हें प्रायः

'जगदीप जी' कहते हैं। कुछ लोग 'जगदीप बाबू' भी कह देते हैं और कुछ 'जगदीप साहब' भी। पर जगदीप जी को अपने नाम के साथ 'बाबू' या 'साहब' जोड़ा जाना सख़्त नापसन्द है और ऐसा करने वाले को वे प्राय: टोक देते हैं; इसलिए 'जगदीप जी' लोगों की ज़ुबान पर चढ़ गया है।

यह दिसम्बर मध्य की, आसपास के पेड़ों पर चिड़ियों के लौटने की चहचहाहट से आबाद सर्द और सलेटी शाम है। जगदीप जी घर के भीतर हैं। अपने कमरे में। अपनी कुर्सी पर। अकेले। कमरे में दो ही कुर्सियाँ रही आयी हैं— एक अरसे से। प्लास्टिक की बुनाई वाली लोहे के पाइपों से बनी कुर्सियाँ! एक कुर्सी पर वे बैठते हैं और दूसरी किसी आने वाले के लिए पड़ी रहती है। दोनों कुर्सियाँ लगभग आमने-सामने। वे जिस कुर्सी पर बैठे हैं, उसकी पिछाड़ी वाली दीवार में चुनी पत्थर की अलमारी में उनकी पसन्दीदा किताबें करीने से लगी हैं। उसी अलमारी के ऊपरी वाले ख़ाने में, किताबों से कुछ जगह बचा कर, किसी मिश्र धातु की ढलाई से तैयार दो अंडाकार गोलाकृतियों को जोड़कर बनाया गया एक कलापूर्ण फ्रेम रखा है, जिसमें दो फोटो जड़े हैं। यह फ्रेम उन्होंने करीब पच्चीस साल पहले ग्वालियर मेला से ख़रीदा था। मेला में घूमते हुए अचानक उनकी निगाह 'आर्ट गैलरी' नाम की एक दुकान में रखे सामान की ओर गयी थी तो वे दुकान में पहुँचे थे। वहाँ किसी धातु की ढलाई से निर्मित साँवली-ताँबई रंग की कई कलात्मक वस्तुएँ थीं— तरह-तरह के मूर्तियाँ, खिलौने, शो-पीस, बर्तन, ढोलक, बाँसुरी और फ्रेम आदि। उन्हें यह फ्रेम इसलिए पसन्द आया था कि उसमें दो फोटो लगाये जा सकते थे— एक साथ, फिर भी अलग-अलग— अगल-बग़ल, एक ही फ्रेम के भीतर। वे इसे ख़रीद लाये थे और उन्होंने अपने दोनों बेटों के फोटो, फ्रेम के साइज़ के हिसाब से बनवा कर इसमें मढ़ दिए थे। और यह फोटो-फ्रेम उनके कमरे में उनकी कुर्सी के पीछे अलमारी के एक ख़ाने में तब से ही मौजूद रहा आया है। और इसमें मौजूद उनके दोनों बेटों के फोटो उन्हें उनके बचपन के चेहरों की याद दिलाते रहे आये हैं।

पर इधर कई दिनों से जगदीप जी उस फोटो-मढ़े फ्रेम पर निगाह

डालते हैं तो वे वहाँ देखते हैं कि उनके बेटों के चेहरों में मौजूद बचपन ग़ायब हो गया है! और यह देखकर वे भौचक्के रह जाते हैं।

जगदीप जी ने आज अभी हाल उस फ्रेम पर निगाह डाली है और...

...और इस वक़्त जगदीप जी 'अपना चेहरा' देख रहे हैं— किसी दर्पण में नहीं, अपनी आँखों में...

उत्तरकथा का आदिपाठ

...गाँव में घर था। ककइया ईंटों का बना, डेढ़ हाथ चौड़ी दुछल्ली दीवारों पर खड़ा, पटियों पर चूने की छत से पटा। दो मढ़ा, एक तिबारा, तीन कोठरियों, दो पौरों और गोबर से लिपे आँगन वाला। घर में माँ थीं, पिता थे और घर पर काम करने वाला हलवाहा था। माँ को जगदीप जी 'अम्माँ' कहते थे, पिता को 'कक्का'। हलवाहे का नाम छीता था। पिता बीमार रहते थे इसलिए घर-बाहर की सारी देखरेख का जिम्मा अम्माँ के ऊपर था। छीता हार-खेत, हल-बखर, बैल-भैंस, सानी-पानी के काम के लिए था।

...उस दिन अभी साँझ का झुटपुटा ही था कि आसपास के आदमियों-औरतों का घर पर जमावड़ा होने लगा था— कक्का जहाँ लेटते थे— उनकी खाट के आसपास। झुटपुटा देखते-देखते अँधेरे में तब्दील होता जा रहा था और छीता गाड़ी में पुआल बिछा कर पाल कसने लगा था। पाल में उसने गद्दा बिछाया था। उसके बाद तीन-चार आदमियों ने कक्का को खाट से उठाकर गाड़ी में बिछे गद्दे पर लिटा दिया था। अम्माँ कक्का के सिरहाने बैठ गयी थीं। जगदीप जी अम्माँ के पास उनकी बग़ल में। अम्माँ ने एक हाथ में जलती लालटेन पकड़ी हुई थी और दूसरे हाथ से वे कक्का की छाती पर हाथ फेरती जा रही थीं। छीता ने बैल लाकर गाड़ी में नहे और वह उनकी पगहिया हाथ में पकड़े गाड़ी की आगे वाली पटरी पर आ बैठा था। इसके साथ ही बैल, गाड़ी को खींच कर ले चले थे।

धीरे-धीरे बैलगाड़ी गाँव बाहर जा पहुँची थी। गाँव के बाहर रात

थी— काली, अँधेरी और डरावनी— चारों तरफ़ सूनेपन से भरी। उस वक़्त लग रहा था कि जैसे समूचा संसार सूना हो, जिसमें एक बैलगाड़ी कच्चे धूलभरे रास्ते पर चल रही थी— आदमज़ाद की आवाज़ के बिना। अगर कोई आवाज़ थी तो वह बैलगाड़ी के पहियों के कच्चे ऊबड़-खाबड़ रास्ते पर चलने की थी और उसी के साथ-साथ चल रहे बैलों के गले में बँधी घंटियों की।

उस सुनसान और बेआवाज़ अँधेरे में चलते हुए कुछ समय बीत गया था... कि तभी गाड़ी के भीतर लालटेन लेकर बैठी अम्माँ एकाएक बुक्का फाड़कर रोने लगी थीं। यह देखकर छीता ने गाड़ी रोक दी। गाड़ी के भीतर लालटेन अभी भी जल रही थी और अम्माँ कक्का के मुँह की ओर देखती हुई रोये जा रही थीं। छीता ने पलटकर कक्का के चेहरे को देखा था और उसके बाद उसने उनके पैरों पर हाथ लगाया था। उसके बाद उसने गाड़ी वापस गाँव की ओर मोड़ दी थी। जगदीप जी कुछ नहीं समझ पा रहे थे; क्योंकि उस वक़्त उनकी उम्र महज़ पाँच साल थी।

रात के अँधियारे में ही, घर लौट कर जब कक्का को गाड़ी में से उठा कर द्वार पर नीचे ज़मीन पर दाभ की पत्तियों पर लिटाया गया और औरतों की रोवाराट पड़ी तब जगदीप जी को समझ में आया था कि उनके पिता मर गये...!

उस दिन बीमारी के अचानक ज़ोर पकड़ने पर इलाज के लिए पिता को शहर ले जाया जा रहा था। पर इलाज तक नहीं पहुँच पाये थे वे। और सवेरे पाँच साल के जगदीप जी ने पिता को अन्तिम संस्कार की लकड़ी दी थी। उस दिन वे पिताहीन हो गये थे— अकेली रह गयी माँ का अकेला सहारा!

...अगले साल गाँव के प्राइमरी स्कूल में दाखिला करा दिया था अम्माँ ने। और अब वे पढ़ाई करते हुए आगे बढ़ रहे थे।

पढ़ाई में वे तेज़ निकले थे। हर साल क्लास में अव्वल ही आते। उन्होंने पाँचवीं पास कर ली तो दो मील दूर पड़ोस के गाँव के मिडिल स्कूल में दाखिला ले लिया। पैदल चलकर रोज़ स्कूल जाते और छुट्टी

के बाद पैदल ही घर आते। तीन सालों तक ऐसे ही स्कूल जाते-आते उन्होंने मिडिल की परीक्षा दे ली थी।

मिडिल की परीक्षा दे लेने के बाद, उन्होंने अपना ध्यान खेती-किसानी की ओर लगाया। वे अब छीता हलवाहे के साथ खेती-किसानी का हर काम करने लगे थे— खेतों की बखर से जुताई करना, पाटा चलाना, हल चलाना, बोवनी करना, गेहूँ-चना-सरसों की कटाई करना, गाड़ी भरना, खलिहान में गरी लगाना, दाँय करना, बरसावन करना और अनाज के छेका में भरने तक के काम! खेती का काम करना उन्हें अपनी ज़िम्मेदारी की तरह लगता था। उन्हें लगता था कि वे अपने पिता का दायित्व निभा रहे हैं! पिता, जिन्हें उन्होंने सिर्फ़ बिस्तर पर ही देखा था— लेटे हुए। उनका बिस्तर जो पौर में बिछी खाट पर था और जिसके एक ओर देसी पनहीं उतरी रहती थीं। पनहीं पहन कर चलते-फिरते कभी नहीं देखे थे उन्होंने पिता। पर घर, गोंड़ा, खेत, खलिहान देखकर उन्हें लगता था कि उनके पिता किसान थे। किसान का बेटा होने का अहसास जगदीप जी को एक नयी तरह की ऊर्जा से भर देता और मेहनत के लिए उकसाता था। किसानी और मज़दूरी दोनों संगिनी होती हैं। यों तो किसानी का हरएक काम ही कड़ी मेहनत का होता है। पर किसानी का सबसे कड़ी मेहनत का काम होता फ़सल-कटाई। फ़सल-कटाई, मतलब पसीना, प्यास, उमस, घाम के बीच लगातार काम!... जगदीप जी के हाथ में हँसिया होता था, सिर पर साफी का मुँड़ासा। साथ में होते थे आठ-दस मजूर। सामने गेहूँ-चना की खड़ी फ़सल। पकी फ़सल के ज़मीन से जुड़े डंठल कड़े हो जाते हैं— नरमी नहीं बरतते। काटते जाते थे जगदीप जी गेहूँ-चना की फ़सल अन्य मजूरों के साथ। आसमान पर तपता चैत का सूरज पीठ पर चाबुकें-सी मारता था। पसीना माथे से चल कर पीठ तक चुचुआता और कमीज को भिंगोता था। हवा चलने लगती तो चैत की घाम तनिक नरम लगने लगती पर जैसे ही बन्द हो जाती तो उमस होती, प्यास होती, गर्मी होती; फिर भी काटते हुए आगे बढ़ते जाते थे हँसिये। फ़सल-कटाई का एक उसूल होता था कि खेत की जिस मेंड़ से कूँड़ों पर काटने के लिए बैठे होते, तो काटते हुए अगली मेंड़ तक पहुँचते और फिर वापस काटते हुए उसी जगह आकर पानी पीते जहाँ से चले थे! इस बीच प्यास लगी हो तो लगती रहे! पानी

लौटा काट कर मेंड़ पर पहुँचने पर ही मिलेगा! दिन भर माँग भरना, लौटा भरना, माँग भरना, लौटा भरना! दिनमुँदे तक यही सिलसिला चलता। शाम तक शरीर थक कर चूर हो जाता था!... कटाई निबटने के बाद, खलिहान में काम चलता रहा। और गल्ला छेका तक पहुँचते-न-पहुँचते, मिडिल परीक्षा का रिज़ल्ट आ गया था। जगदीप जी अपने स्कूल पर पहुँचे थे— रिज़ल्ट जानने। हेडमास्टर भगवानदास गुप्ता ने बताया था, ''जगदीप प्रसाद वर्मा, पास, फर्स्ट डिवीज़न!''

मिडिल स्कूल के बाद, नवीं कक्षा का स्कूल पड़ोस के गाँव में भी नहीं था। अब कहाँ होगी पढ़ाई, कोई पता नहीं! पर जगदीप जी के भीतर एक निश्चय था— पढ़ना तो है ही!

पर पढ़ाई दसवीं पास करने तक ही चल पायी। रेग्यूलर। किसी तरह। खींच-तान कर। उसके बाद यह सम्भव नहीं रहा कि शहर में रहकर पढ़ने की 'अय्याशी' की जाय, और गाँव में अम्माँ खेती-किसानी के काम में ख़ून-पसीना एक करें! छोड़ दिया आगे पढ़ना। और गाँव आ गये।

आषाढ से लेकर भादों तक का समय खेती-किसानी के काम में ठंडेपन का होता था। इस बीच जगदीप जी 'लगभग आवारगी' करते। इस बीच गाँव में यहाँ-वहाँ बैठते-उठते। कहीं कोई किताब मिल जाती तो उसे हथिया लेते और तब ही छोड़ते जब आख़िरी पन्ने तक पढ़ डालते! किताबें पढ़ने का उन्हें लगभग जुनून था। किताबें उनका मनोरंजन भी करतीं, टाइमपास भी; और ऊपर से ज्ञानवर्द्धन भी। पढ़ने की बेपनाह ललक के कारण वे हर उपलब्ध किताब को पढ़े बिना न छोड़ते— फिर वह चाहे किसी भी विषय की और कैसी भी क्यों न होती! और उन्होंने अपने इसी पढ़ाकूपन के चलते जो किताबें पढ़ीं, उनमें सबसे पहली किताब एक सूक्ति-संग्रह थी, जिसमें दुनिया के महान लेखकों, विद्वानों और जीवनानुभवियों के कहे हुए वचन जमा किये गये थे। बाद की किताबों में गुलशन नन्दा और प्रेम वाजपेयी के पॉकेट साइज़ उपन्यासों से लेकर प्रेमचन्द का 'कायाकल्प', वृन्दावन लाल वर्मा का 'मृगनयनी' आचार्य चतुरसेन का 'वयं रक्षामः' और गाँव के भैयालाल वैद्य के यहाँ से प्राप्त 'चरक संहिता', 'माधवनिदान' एवं सचित्र 'कोकशास्त्र' आदि थीं।

इसके बाद उन्होंने तुलसीकृत 'रामचरितमानस' भाषा टीका सहित पढ़ा था। 'श्रीमद्भगद्गीता' का हिन्दी अनुवाद पढ़ा था। 'कामायनी' पढ़ डाली थी। 'स्कन्दगुप्त' और 'ध्रुवस्वामिनी' पढ़ लिये थे। भारतेन्दु हरिश्चन्द्र द्वारा अनुवादित विशाखदत्त का नाटक 'मुद्राराक्षस' पढ़ डाला था। सेठ गोविन्ददास का 'शशिगुप्त' पढ़ डाला था। दिनकर का 'उर्वशी' पढ़ा। 'सत्यार्थप्रकाश' पढ़ा। सबलसिंह कृत 'महाभारत' पढ़ा। 'वाल्मीकि रामायण' सानुवाद पढ़ डाली। 'विष्णु पुराण' पढ़ डाला, 'अग्नि पुराण' पढ़ लिया। 'प्रेम सागर', 'सुखसागर', 'ब्रजविलास' पढ़ डाले। गाँधी जी की 'संक्षिप्त आत्मकथा' पढ़ डाली। 'गोदान' पढ़ डाला। 'झूठा सच' पढ़ लिया। भगवान रजनीश की 'काम, ध्यान और अध्यात्म', 'समाजवाद अर्थात् आत्मघात' और 'भारत, गाँधी और मैं' पढ़ीं। बाद में 'कठोपनिषद्', 'केनोपनिषद्' और 'मुण्डकोपनिषद्', अनुवाद सहित पढ़ीं। बाद में गोर्की का 'माँ', तॉलस्तॉय का 'कज़्ज़ाक' और आस्त्रोवस्की का 'अग्निदीक्षा' पढ़े। हिटलर की आत्मकथा 'मेरा संघर्ष' पढ़ी और हावर्ड फास्ट का 'आदिविद्रोही' पढ़ डाला था...

ऐसे वे दिन थे, जिनमें मौज थी, मस्ती थी, मेहनत थी और फुर्सत भी होती थी। और ऐसे ही दिनों में से एक दिन उन्होंने गाँव के 'बैकुंठ आश्रम' से लाउड स्पीकर पर बज रही मनमोहिनी वाणी सुनी थी। और उस वाणी के आकर्षण में बँधे वे जा पहुँचे थे 'बैकुंठ आश्रम!'

इससे पहले उन्होंने 'बैकुंठ आश्रम' का सिर्फ़ नाम ही सुना था। पर जब वे गाँव के एक ओर नदी किनारे स्थित 'बैकुंठ आश्रम' के भीतर पहुँचे तो उन्हें लगा कि 'बैकुंठ आश्रम' आश्रम क्या सचमुच 'बैकुंठ' है! वहाँ हरे-भरे पेड़ थे, पक्षियों का कलरव था और भगवद्भक्ति और आध्यात्मिकता की हवा थी। आश्रम के भीतर दो पक्के और बड़े कमरे बने थे, एक कच्ची खपरैल थी, दो देव-मढ़ियाँ थीं। साफ़-सुथरे, लिपे-पुते विशालकाय प्रांगण के ऊपर नीम और पीपल के पेड़ों की छाया थी, जिसके नीचे रंग-बिरंगी साड़ियों की सज्जा से तैयार 'मंडप' के भीतर सामने पोथी रखे पंडित जी श्रीमद्भागवद् महापुराण बाँच रहे थे। उनकी वाणी निहायत कमी हुई और मिठास भरी थी, जो स्टैंड पर कसे माइक

के उनके मुँह से सटे होने के कारण दूर-दूर तक सुनाई दे रही थी। उनके सामने नहाये-धुले स्त्री-पुरुष और तिलक-जटाधारी बाबाओं की बड़ी संख्या मौजूद थी।

जगदीप जी को आश्रम में पहुँचते ही कुछ और-और-सा लगा था। जैसे वे अचानक अपनी मनचाही दुनिया के बीच आ गये हों। मनचाही मगर अजनबी दुनिया! ऐसी दुनिया जिसमें शान्ति और सुगन्ध फैली हुई थी। सुकून मिला था उन्हें वहाँ!

उसके बाद वे रोज़ ही वहाँ जाने लगे थे। और कुछ ही समय में गोया आश्रम के एक सदस्य बन गये थे। सबसे बड़ी बात यह थी कि उन्हें वहाँ आश्रम के प्रमुख साधु महाराज श्री रघुवरचरण दास जी की धार्मिक पुस्तकों का अध्ययन कर पाने का अवसर मिलने लगा था। उन्होंने वहाँ बाबा के संग्रह से 'मानस पीयूष' के कई खंडों का अध्ययन किया; पंडित रामकिंकर उपाध्याय के प्रवचनों की पुस्तकों को पढ़ा; और गीताप्रेस गोरखपुर से प्रकाशित कई छोड़ी-बड़ी पुस्तकों को छान मारा था।

इस बीच वे आश्रम के चप्पे-चप्पे से परिचित हो गये थे। एक देव-मढ़ी 'राम जानकी मन्दिर' थी और दूसरी 'हनुमान गढ़ी'। खपरैल बाबा की निवास कुटी थी। बाबा आश्रम के स्थाई निवासी थे। उनकी उम्र सत्तर-पचहत्तर साल के आसपास थी। उनकी सेवा के लिए दो शिष्य आश्रम में ही रहते थे। उनकी उम्र पैंतीस-चालीस के आसपास थी और वे दोनों साधु और गृहस्थ के बीच की वेशभूषा में रहते थे। उनके अलावा वहाँ एक 'बाई' भी थी। वह बाबा के लिए भोजन तैयार करती थी और आश्रम के कुएँ से जल-संग्रह का जिम्मा भी उसी का था। वह सिर तक सफ़ेद धोती लपेटे माथे पर तिलक लगाये रहती थी। उसकी उम्र पच्चीस-तीस साल के आसपास थी। वह देखने में सुन्दर भी थी। वह कभी-कभी जगदीप जी की ओर बड़ी राज़दार नज़रों से देखती थी; और कभी उन्हें भी अपनी ओर देखता पाकर नज़र हटा कर अपने काम में व्यस्त हो जाती थी।

...एक दिन जगदीप जी ने बाबा की पुस्तकों में से 'ईशावास्योपनिषद्' उठायी। शांकर भाष्य और उसके हिन्दी अनुवाद वाली। उन्होंने उसे खोला।

पहले पन्ने पर पहला श्लोक था— वे उच्चारण के साथ पढ़ने लगे थे—

ॐ ईशावास्यमिदं सर्वं यत्किंचित् जगत्यां जगत्।

तेन त्यक्तेन भुंजीथा मा गृधः कस्यस्विद् धनम्॥

—जगत में जो कुछ स्थावर-जंगम संसार है, वह सब ईश्वर के द्वारा आच्छादनीय है (अर्थात् उसे भगवत्स्वरूप अनुभव करना चाहिए)। उसे त्यागभाव से पालन कर। किसी के धन की किंचित् भी इच्छा न कर!

ईशा ईष्ट इतीट् तेनेशा। ईशिता परमेश्वरः परमात्मा सर्वस्य। स हि सर्वभीष्टे सर्वजन्तूनामात्मा सन्प्रत्यगात्मतया तेन स्वेन रूपेणात्मनेशा वास्यमाच्छादनीयम्।...

जो ईशन (शासन) करे उसे ईट् कहते हैं; उसका तृतीयान्त रूप 'ईशा' है। सबका ईशन करने वाला परमेश्वर परमात्मा है। वही सब जीवों का आत्मा होकर अन्तर्यामिरूप से सबका ईशन करता है। उस अपने स्वरूपभूत आत्मा ईश से सब वास्य-आच्छादन करने योग्य है।...

यह सब पढ़ने के बाद उनके ज़ेहन में एक ऐसा सवाल कुलबुलाने लगा जिसके बारे में इससे पहले उन्होंने कभी सोचा तक न था।

अन्ततः वे बाबाजी के सामने जा खड़े हुए।

महाराज जी ने चश्मे के भीतर से आँखें उठाकर उनकी ओर देखा और कहा, "क्या बात है जगदीप?" वे उनके हाथ में ईशावास्योपनिषद् की पोथी देख रहे थे।

"महाराज जी, यदि सारे संसार के जीवों का आत्मा परमेश्वर है तो फिर यह ऊँचा-नीचा और छोटे-बड़े का भेद क्यों है?"

बाबा जी ने सुनकर एक बार फिर चश्मे के भीतर से आँखें उठाकर उनके चेहरे पर झाँका, "क्या बात है?... क्या पढ़ा है तुमने?" उन्होंने पूछा।

जगदीप जी ने पोथी खोलकर श्लोक पढ़ना शुरू कर दिया, "ॐ ईशावास्यमिदं..."

पर बाबा ने उन्हें बीच में ही टोक दिया, "ये दैवीय ग्रन्थों के दैवीय वाक्य हैं जगदीप! इनको समझने के लिए दीर्घकाल तक तप और मनन करने की आवश्यकता होती है। ये आध्यात्मिक प्रश्नों के उत्तर हैं। इनके

अर्थ संसार में ढूँढ़ना मूर्खता की पराकाष्ठा होगी। ...सारा संसार ईश्वरमय ही तो है; पर इसमें ऊँचे-नीचे और छोटे-बड़े का प्रश्न कहाँ से आया?'' बाबा ने उलट कर उनके ही सामने प्रश्न खड़ा कर दिया।

''छोटे-बड़े और ऊँचे-नीचे का प्रश्न...'' वे क्षणभर को अचकचाये। बाबा का वृद्ध, गरिमामय और 'सर्वपूज्य' व्यक्तित्व उनके सामने था। परन्तु उन्हें अपने भीतर का प्रश्न कमज़ोर नहीं लग रहा था। वे पूछ उठे, ''पर महाराज जी, इन दैवीय वाक्यों का संसार से कुछ लेना-देना नहीं है तो फिर किससे लेना-देना है?... 'संसार' शब्द तो पुस्तक में भी आया है...'' वे पुस्तक खोलने लगे थे।

''इन ग्रन्थों का उद्देश्य है— मानव का मोक्ष!'' कहते हुए बाबा के होठों पर एक प्रसन्न मुस्कान खिल उठी थी, ''मानव के मोक्ष के लिए ही ये समस्त अलौकिक ग्रन्थ रचे गये हैं!''

''पर महाराज जी, इसी संसार के मानव के मोक्ष के लिए ही न!... फिर...?'' वे सन्तुष्ट न थे।

बूढ़े साधु ने बीच में ही उनका प्रश्न रोक दिया था, ''संसार के नहीं, भवसागर में फँसे मानव के मोक्ष के लिए!...'' कहते हुए बाबा का लहजा किंचित तुर्श हो उठा था।

''भवसागर...!'' बात उनके गले नहीं उतरी थी।

क्वार के दिनों में खेती-किसानी का काम शुरू हो गया, तो वे छीता के साथ मिलकर खेती के काम में हाथ बँटाने लगे थे।

एक दिन काम के ही बीच छीता ने उन्हें बताया था, ''काल बैकुंठ आसरम के एक बाबा को पुलस पकरि कें लै गई!''

''काहे?'' उनके मुँह से अचानक निकला था।

''पतौ नहीं!'' छीता ने अपढ़ भोलेपन के साथ जवाब दिया, ''पर पकरि कें तौ लै गई!''

और उसके बाद वे 'बैकुंठ आश्रम' से दूर होते चले गये थे।

...और उस साल के खलिहान उठने के कुछ दिनों बाद, उनका ब्याह हो गया था। ब्याह होने की कोई बहुत ख़ुशगवार अनुभूति उन्हें उस

समय नहीं हुई थी; क्योंकि ब्याह का अर्थ उस समय उनके लिए एक रस्म अदायगी जैसा कुछ था— भले ही उम्र सोलह पूरे कर रही थी। वे दूल्हा बने, और पालकी में बैठकर ब्याह कराने गये थे। बारात बैलगाड़ियों के काफिले के रूप में गयी थी। बारात को जहाँ जनवासा दिया गया था वह स्थान एक उठ गये खलिहान का समतल खाली मैदान था। उस मैदान में डेरा (तम्बू) तानकर जनवासा बनाया गया था। उसके नीचे बिस्तर लगाये गये थे। रात गये, गाँव के बैंड-बाजों और बारातियों के बीच पालकी में बैठा कर उन्हें जिस द्वार पर ले जाया गया वह एक मेहरावदार सात दरवाज़ों वाले घर का अगवाड़ा था!...

ब्याह के बाद घर में कुछ समय तक ख़ुशी जैसा माहौल रहा था। उन दिनों उनको दुनिया रंग-रंगीली-सी लगती रही थी— एक तिलिस्मी धुन्ध में लिपटी-सी!

पर कुछ ही समय में, उनको अपनी पत्नी की चाल-ढाल, बोली-बानी, अनगढ़ता-असभ्यता साफ़-साफ़ दीखने लगी थी।

कभी-कभार वे उसे टोक भी देते, ''बोलिबे में अगर आवाज कम रहै तौ कछू बिगरि नहीं जायगौ!''

''हमें तौ ऐसेंइ बोलिबौ आउतुऐ!'' पत्नी तुरन्त जवाब देती।

जवाब सुनकर वे सोचते कि यदि कुछ असभ्यतापूर्ण करके आदमी उसको स्वीकार करे और उसमें सुधार की सोचे, तो गनीमत है! परन्तु उनकी पत्नी को तो जैसे हर बात का ग़लत-सही जवाब तत्काल देने की लत लगी हुई थी! उन्होंने देखा था कि वह किसी भी बात का जवाब देने में बिल्कुल देर नहीं करती थी। जैसे उसकी ज़िद हो कि वह हरएक बात का मुँहतोड़ जवाब देकर मानेगी— फिर भले ही वह जवाब सही हो या ग़लत!

एक बार उन्होंने उसकी दौड़ती हुई-सी चाल को लेकर उसे टोक दिया था, ''देख धीरें-धीरें चलनों चहिए, ऐसें नहीं कि जैसें कहूँ पहुँचबे की जल्दी हो!''

इस बात का भी उसने बिना कुछ सोचे तत्काल जवाब दिया था, ''हमें ना धीरें चलिबौ आउतु!'' कौवा की-सी कर्कश आवाज़।

इस तरह की हरकतें जगदीप जी को साफ़ दिखाई देतीं, पर वे

अक़्सर नज़रअन्दाज़ करते रहते। बेशक़ उनके भीतर एक कड़वाहट-सी घुलकर रह जाती। वे सोचते रह जाते कि यह तो असभ्यता की हद है!

एक दिन उन्होंने देखा कि घर के एक आले में काँच मढ़ी तीन तस्वीरें आले की दीवारों से टिकी रखी थीं— एक राम-सीता की, दूसरी कृष्ण-राधा की, तीसरी शिव-पार्वती की। तीनों के माथे के काँच पर रोली की बिन्दियाँ लगी थीं; आले की ज़मीन पर एक पीतल की मूर्ति रखी थी, उसके पास ही दो-तीन गुटकेनुमा किताबचियाँ रखी थीं, पीतल का नक्काशीदार दीया रखा था, अगरबत्ती का पैकेट रखा था। यह सब देखकर उनको कुछ अटपटा-सा लगा। घर में ऐसा कुछ आज तक उन्होंने नहीं देखा था। उन्होंने सीधे जाकर पत्नी से पूछा, ''ये सब का है?''

''भगवान् जी ऐं, और का है!'' उसने तुरन्त जवाब का लट्ठ मारा था।

''भगवान् जी!'' उनके भीतर कुछ अजीब तरह घुमड़ रहा था, ''काये के काजें हैं ये?'' उन्होंने घरवाली की तरफ़ देखा था।

''पूजा के काजें!'' तत्काल जवाब मिला।

''पूजा...'' आगे उनके मुँह से सिर्फ़ इतना ही निकला।

उन्होंने अपने जीवन के इतने वर्षों अपनी माँ को देखा था। माँ को उन्होंने कभी इस तरह का पूजा-पाठ जैसा कोई काम करते नहीं देखा था। वे तो घर का कामकाज ही ऐसे ढंग से करती थीं कि उसमें उन्हें किसी पूजा से कम सुख नहीं मिलता रहा होगा! क़िस्से-कहानियाँ भी वे उसी तल्लीनता और मन से सुनाती थीं जिससे पूजा की जाती है। अपनी उन्हीं माँ के क़िस्से-कहानियाँ सुनकर ही जगदीप जी के भीतर पूजा-पाठ जैसे कामों की निरर्थकता का बोध था। माँ से ही उन्होंने उस सेठ का क़िस्सा सुना था जो रोज़ाना सवेरे उठकर पूरे दो घंटे तक भगवान की पूजा-अर्चना-उपासना जैसे काम करता था, और उसके बाद अपनी दुकान की गद्दी पर जा बैठता था और दिन भर ग़रीब-गुरबों के चीज़-वस्तु, बर्तन-भाँड़े और रुपये-पैसे हड़पता था! अपनी माँ के क़िस्से कहानियों से ही उन्होंने जीवन के बहुत सारे रहस्यों को समझा था।

जगदीप जी को पत्नी के मुँह से 'पूजा के काजें' सुनकर लगा था

कि अब पत्नी से और अधिक बात करना बेवकूफ़ी से कम बिल्कुल नहीं है, इसलिए वे वहाँ से चले गये थे।

...उसके बाद सामन्ती मलबे के रूप में मौजूद एक कुनबा उन्हें हमेशा घूरता लगता था...

... उस दिन उनकी पत्नी ने भरी दोपहर में, आँखें फाड़कर, उँगली उठाकर चीखते हुए कहा था, ''वो ऐ आँगन में!''

''आँगन में!... को ऐ आँगन में?'' वे भौचक थे।

''वो ऐऽऽऽ... बड़े-बड़े दाँतनि वारौऽऽऽ!!!'' पत्नी और अधिक ज़ोर से चीखी थी।

सुनकर एकबारगी तो जगदीप जी के भी रोंगटे खड़े हो गये थे। बड़े-बड़े दाँतों वाला! कौन? जाहिर है वह भूत-प्रेत-पिशाच जैसी परिकल्पना थी जिसे उनकी पत्नी घर के आँगन में साकार खड़ा हुआ बता रही थी।

और उनको वहाँ कहीं कोई नहीं दीख रहा था!

पर पत्नी थी कि उसके डरे हुए और फटी हुई आँखों वाले चेहरे को देखकर ऐसा लगता था जैसे वह अभी भी किसी बड़े-बड़े दाँतों वाले 'पिशाच' को अपनी आँखों के सामने खड़ा देख रही हो!

फिर कुछ और देर तक वह वैसी ही हालत में रही, उसके बाद घर की सबसे भीतरी, अँधेरी कोठरी में जाकर दरी बिछा कर, चादरा तान कर सो गयी थी।

जगदीप जी की कुछ भी समझ में न आता था कि आख़िर यह माज़रा क्या है? भूत-प्रेत पर विश्वास करने के लिए उनका मन किसी भी प्रकार राज़ी न था। पर यह मामला क्या है, उनकी समझ में न बैठता था! घूम-फिर कर यदि उनका दिमाग़ टिकता था तो एक उसी तर्क पर कि यह पत्नी के उस मूर्खतापूर्ण कारनामे पर उसे मिली फटकार का प्रतिकार है जो उसने कल ही खायी थी... कल उसने कैरी (कच्चे आम) की लोंजी (मीठी सब्ज़ी) बनाई थी और खाने के लिए बैठे जगदीप जी की थाली में एक बड़ा कटोरा भरकर रख दी थी। उन्होंने बड़े स्वाद के साथ अपनी पसन्दीदा मीठी सब्ज़ी से रोटी खायी और अन्त में कटोरे में बचे रसे को

कटोरा मुँह से लगाकर पी लिया, तो उनके मुँह में भसभसा और बदज़ायका-सा कुछ भर कर रह गया था। उन्होंने कटोरे की तली में देखा, तो वहाँ चूहों की उबली हुई लेंड़ियाँ (विष्ठा) थीं! जब इस बारे में उन्होंने पत्नी से पूछा तो उसने तुरन्त जवाब दिया, "गुर (गुड़) के संग आई होंगी लेंड़ीं!"

"गुर के संग कैसें आई होंगी?" उन्होंने उससे पूछा था।

"मोइ का पतौ कैसें आई होंगी!... मैंने तौ कटोरा भरि कें डार दओ ढोंड़ी में ते...!"

"और आँखिन ते नहीं देखौ कि गुर के संग कछू और तौ नहीं है!" उनकी आँखों में झुँझलाहट भरा गुस्सा उभरने लगा था।

"मैंने नहीं देखौ..."

और यह सुनकर तो जगदीप जी के भीतर जैसे कुछ फट पड़ा था। मगर उन्होंने अपने आप पर काबू रखा था; पर कड़वाहट उनकी जुबान पर आ बैठी थी, "अरे, बेवकूफ, आदमी कों आँखें जई कारन मिली हैं कि वो बिनते चीजें देखै-परखै-समझै! आँखें बन्द करकें काम करिबे के लिए नहीं हैं आँखें! पर तें आदमी है कहाँ, जो इतनी बात समझैगी...!"

जगदीप जी को लगता था कि हो-न-हो, यह तमाशा उसी डाँट-फटकार का पलटवार है, और कुछ भी नहीं!...

और फिर अचानक ही उनके सामने तसव्वुर होने लगा था उस घर का, जो सात मेहरावदार दरवाज़ों वाला था और जिसका बीच वाला मुख्य दरवाज़ा ऐसा बड़ा, चौड़ा और ऊँचा था कि घुसना चाहे तो घोड़े की जीन पर बैठा घुड़सवार घोड़ा दौड़ाता हुआ उसमें बेहिचक घुसा चला जाए! मुख्य दरवाज़े की बग़ल वाले दोनों ओर के तीन-तीन दरवाज़ों की नक्काशी हू-ब-हू मुख्य दरवाज़े-जैसी ही थी। इन सातों दरवाज़ों के भीतर दो तरफ़ को फैला लम्बा बरामदा था, जिसे बड़ी पटियों से पाटा गया था। बरामदे के बाद फिर एक बड़ा मगर बिना मेहराव का दरवाज़ा था जिसके भीतर एक विशालाकार पौर थी। पौर से भीतर की ओर ले जाने वाला दरवाज़ा एक बड़े आँगन में खुलता था। आँगन में पहुँचने पर मेहरावदार सात दरवाज़ों वाले घर के कई कमरे नज़र आते थे और एक ओर नज़र आता था, ईंट-चूने की चिनाई से बने

पड़ोस के एक मकान का पिछवाड़ा। पड़ोस के मकान के इस पिछवाड़े की दीवार से सट कर बनाए गये कच्ची मिट्टी की दीवारों के तीन पाखाने उस आँगन की चौकोरियत में उभरे तीन बदसूरत कूबड़ों-जैसे नज़र आते थे। उन पाखानों के भीतर जाने के लिए जो 'प्रवेश-द्वार' छोड़े गये थे उनमें कोई परदा या किसी क़िस्म की आड़ नहीं रखी गयी थी। शायद इस तरह की कोई ज़रूरत ही नहीं समझी गयी थी, लिहाज़ा वे 'प्रवेश-द्वार' हमेशा खुले ही रहते थे।

मेहरावदार सात दरवाज़ों वाले इस घर का यह आँगन प्राय: ऊजड़ और वीरान-सा ही बना रहता था, जब तक कि घर के किसी कमरे से घर की कोई स्त्री या लड़की आँगन में बने पाखाने में जाने के लिए न निकल पड़े, या पाखाने से घर के भीतर कमरे में जाने के लिए न लौट पड़े!

और यह व्यवस्था इस मेहरावदार सात दरवाज़ों वाले घर के 'पितृपुरुष' चौधरी खेमकरन लम्बरदार की अपने खानदान की इज़्ज़त-आबरू-बचाऊ हिकमते-अमली का नतीजा था।

खेमकरन लम्बरदार तब जीवित न थे। पर उस घर पर काबिज़ उनकी इच्छाएँ, हिकमतें, इज़्ज़त और आज्ञाएँ अभी जीवित थीं।

चौधरी खेमकरन लम्बरदार साढ़े पाँच सौ बीघा के ज़मींदार थे। खेती बैलों और नौकरों से होती थी। घर के दूसरे काम-काज के लिए अलग से नौकर-चाकर थे— जैसे गोबर डालने-पाथने के लिए अलग, पानी भरने के लिए अलग, गायों-भैंसों को दुहने के लिए अलग और चिलम-तमाखू के लिए अलग! जिनमें से अधिकांश बेगारी! और कहते-सुनते हैं कि खेमकरन लम्बरदार के जीवित रहते क्या मजाल थी कि कभी किसी नौकर या बेगारी ने इस मेहरावदार सात दरवाज़ों वाले घर के भीतर की किसी कोठरी का दरवाज़ा तो क्या, झाँककर वह आँगन भी देखा हो जिसमें अब तीन पाख़ाने थे! सिर्फ़ पानी भरने वाली पनिहारिन ही भीतर तक जाती थी और दुहे हुए दूध को पौर से भीतर पहुँचाने वाली चमारिन! बाक़ी सब कामगारों की पहुँच घर की पौर तक ही सीमित थी— उसके आगे नहीं! आख़िर घर के भीतर मेहरावदार सात दरवाज़ों वाले घर की इज़्ज़त थी— स्त्रियाँ-बहुएँ और बेटियाँ और यही कारण था कि न घर

के किसी नौकर-चाकर ने अपनी आँखों से कभी घर की किसी स्त्री या लड़की को देखा था, न ही घर की किसी बहू या बेटी ने किसी नौकर या बाहरवाले आदमी को। जैसे नौकर-चाकरों को सिर्फ़ पौर तक पहुँचने की इजाज़त थी, वैसे ही घर की बहू-बेटियों को सिर्फ़ आँगन में बने कच्चे पाख़ाने तक निकलने की! उस पाख़ाने तक जो चौबीस घंटों में सिर्फ़ एक बार साफ़ किया जाता था! रोज़ सवेरे मेहतरानी आती थी अपनी कमर पर डलिया टिकाये— उसे साफ़ करने! उसके बाद वह दिन भर इस्तेमाल होता और बदबू छोड़ता था!

खेमकरन लम्बरदार की इस तरह की 'व्यवस्था' के भीतर घर के पुरुषों को छोड़कर और सब थे!...

...तब मेहरावदार सात दरवाज़ों के भीतर वाले बरामदे में खेमकरन लम्बरदार की काँच-मढ़ी एक तस्वीर टँगी थी, जिसे देखकर सहज ही यह अन्दाज़ा लगाया जा सकता था कि उनका सफ़ेद-घनी-छितरी मूँछों और सिर पर साफा वाला व्यक्तित्व कितना रौबीला और भव्य रहा होगा!... कहते हैं कि वे खाने-खिलाने के बड़े शौकीन थे। रोज़ाना घर में चार सब्ज़ियों से कम न बनती थीं, और मेहमान के आ जाने पर छह-सात से आठ-दस तक हो जाती थीं! साथ में निपनियाँ दूध की खीर, रवा का हलुआ, गुड़ के'मालपुए आवश्यक! घर में शक्कर की दो बोरियाँ हमेशा रहतीं— एक खुली हुई, दूसरी बन्द। खुली हुई ख़त्म हुई कि दूसरी खोल ली, और तीसरी मँगवा ली गयी! घी घर की गायों-भैंसों का था। गुड़ के भेले इकट्ठे मँगा कर एक कोठे में रख दिए जाते थे! यानी यही कि हर चीज़ की इफरात! किसी चीज़ की कभी कोई कमी नहीं! घर भंडार था जैसे! आख़िर खाने-पीने का मामला भी तो इज़्ज़त-आबरू से ताल्लुक़ रखता था।

और दिलचस्प यह कि चौधरी खेमकरन लम्बरदार के ऐसे चलन के चलते घर की बहुएँ-बेटियाँ सुखी ही नहीं, परमसुखी थीं। उनका ख़्याल था कि पैरों में बेड़ियाँ हैं तो क्या हुआ, हाथों में हथकड़ियाँ और मुँह में ताले तो नहीं हैं! पेट और जीभ के लिए तो तरह-तरह के माल-मसाले हैं— मनचाहे वैसा खाओ और खाओ, फिर खाओ! और रहा

सवाल पैरों की बेड़ियों का, तो यह भी एक तरह का वरदान है— 'का करनों बाहिर जाइकें? सिबु कछू तौ झईं ऐ! और फिरि कोऊ चिन्ता-फिकिर नहीं, कछू करौ घर भीतर, चाहे जैसें बोलौ, चाहे जैसें बतराऊ, चाहे सोऊ, चाहे जगौ, चाहे जैसें उठौ, चाहे जैसें बैठौ, चाहौ तो दिन भर उघारी रहौ, चाहे नंगी; कोऊ झाँकिवे-देखिबे बारौ नहीं! औरु का चइऐ!...' उन्हें यह व्यवस्था ऐसी रास आई थी कि कहते-सुनते हैं कि कभी-कभी घर की चौदह-पन्द्रह-सोलह साल की लड़कियाँ ही नहीं उम्र की ढलान पर उतरती स्त्रियाँ तक निहायत नंगी होकर पाख़ाने तक चली जाती थीं!

और खेमकरन लम्बरदार के तीनों प्रौढ़-अधेड़ बेटे, उनके ही जैसे रौब-रुतबादार! बड़े का नाम सोबरनलाल, मँझले का इन्द्रभान सिंह और छोटे का कामताप्रसाद। तीनों ही अपने पिता के पद-चिह्नों पर चलने वाले! चाहे कुछ भी हो पर खानदान की इज़्ज़त-आबरू सबसे ऊपर! सोबरनलाल के चार बेटे, दो बेटियाँ; इन्द्रभान सिंह के आठ बेटियाँ और सबसे छोटा एक बेटा; कामताप्रसाद के दो बेटियाँ, छह बेटे! भरा-पूरा परिवार! पर कायदा वही कि लड़के बड़े होने पर स्कूल में दाखिल कराये जाते रहे— वे थोड़ा-बहुत पढ़-लिख कर अपने घर के काम-काज में हाथ बँटाने लग जाते रहे! और लड़कियों को स्कूल जाने की सख़्त मुमानियत! 'कहा करेंगी इस्कूल जाइकें!' वाली वही पैतृक और पारम्परिक मानसिकता— सोबरनलाल, इन्द्रभान सिंह और कामताप्रसाद— तीनों 'महापुरुषों' की।

...खेमकरन लम्बरदार की मृत्यु के बाद सोबरनलाल, इन्द्रभान सिंह और कामताप्रसाद ने अपना-अपना हिस्सा लेकर अलग-अलग रहना पसन्द किया। ज़मीन-जायदाद, घर, धन-सम्पत्ति बराबर-बराबर बँट गये। मेहरावदार सात दरवाज़ों वाले घर में तीनों ने अपने-अपने लिए अलग मढ़ा-कोठियाँ बाँट लिए। और तब मेहरावदार सात दरवाज़ों वाले घर के आँगन में एक की जगह तीन पाख़ाने हो गये थे!

और कुछ समय बीतने के बाद, सोबरनलाल हू-ब-हू अपने बाप की तरह के दीखने लगे थे और उन्हीं की तरह से कई-कई सब्ज़ियों और

हलुआ-खीर-पुओं के शौकीन साबित हुए थे; इन्द्रभान सिंह गाँजे की दमें लगाने लगे थे और अकसर गाँव में एक 'खास' जगह बैठते-उठते पाए जाने लगे थे और छुहारे की तरह सूखे और मटमैले होकर गाँव भर की जुबान में 'सिड़ी' कहे जाने लगे थे— कहा-सुना यह भी जाता कि वे गाँव की एक बहुत सुन्दर औरत के चक्कर में फँसकर 'सिड़ी' हो गये थे; और कामताप्रसाद दिन में करीब बीस बार हँगने जाने और उतनी ही बार नहाने लगे थे, जिसका कारण कहा-सुना यह जाता कि उन पर किसी 'प्रेतात्मा' या 'देवात्मा' ने सवारी कर रखी थी...

और इसी समय के बीच इन तीनों के बेटे-बेटियाँ ब्याह-योग्य हो गये पाए गये, तो मेहरावदार सात दरवाज़ों वाले घर में कुछ नयी बहुएँ आयी थीं, जो किसी-न-किसी एक दरवाज़े वाले घर से आयी हुई थीं; और मेहरावदार सात दरवाज़ों वाले घर से कुछ बेटियाँ विदा हुई थीं, जो किसी-न-किसी एक दरवाज़े वाले घर में जा पहुँची थीं...

तो, इसी सिलसिले में मेहरावदार सात दरवाज़ों वाले घर के चौधरी खेमकरन लम्बरदार के मँझले बेटे इन्द्रभान सिंह की सातवें नम्बर की बेटी जगदीप जी की पत्नी हुई थी...

और जगदीप जी को यह ख़्याल कर अचम्भा होता था कि उनका ख़ुद की आँखों से देखा हुआ, मेहरावदार सात दरवाज़ों वाला घर, माँ के द्वारा सुनाई कहानी के रामसजीवन महाते के घर से किस कदर हैरतअंगेज़ ढंग से मिलता-जुलता था!...

माँ ने एक क़िस्सा सुनाया था : ''एक गाँव था, जिसकी आबादी लगभग डेढ़ हज़ार और जिसमें परिवारों की संख्या करीब दो सौ थी। इन परिवारों में सभी जाति के लोग थे। इनमें पैंतीस-चालीस परिवार ब्राह्मणों के थे जिनमें से कुछ-एक पंडिताई-पुरोहिताई का धन्धा करते थे और बाक़ी किसान थे; कुल मिलाकर पंचानबे-सौ परिवार चमारों, धानुकों, कोरियों, धोबियों, कुम्हारों, मेहतरों के थे; सब मिलाकर पचास-साठ परिवार दर्जी, लोहार, सुनार, बनियाँ, ठाकुर, काछी, भोई, तेली, कलार, अहीर जातियों के थे। और गाँव की जातियों के इस गिनती-नक़्शे के बीचोंबीच एक घर रामसजीवन महाते का था। रामसजीवन महाते का घर,

घर क्या था, महलनुमा एक हवेली था जिसके ऊँचे दरवाज़े को देखकर लोग हैरत में पड़ जाते थे— ऐसा दरवाज़ा कि जिसमें से होकर ऊँट या हाथी भी आराम से भीतर घुसा चला जाए! रामसजीवन महाते की उस हवेली में करीब पचास बड़े-बड़े कमरे थे जिसमें से कुछों को हमेशा काले पुते किबाड़ों में ताले लगा कर बन्द रखा जाता था। और जिनमें किसी को कभी भी भीतर झाँकने तक का अवसर नहीं मिला था; कुछों को अँधेरे ने क़ब्ज़िया रखा था जिनमें किसी ने कभी भी रोशनी होते नहीं देखी थी; कुछों में घर की औरतों के पलंग बिछे थे; कुछों में गल्ला भरा जाता था; एक में लाठियाँ, भाले, तलवारें और बन्दूकें रखे रहते थे; एक में तीन तिजोरियाँ दीवारों में चुनी हुई थीं जिसमें सिर्फ़ रामसजीवन महाते का ही प्रवेश सम्भव था; कुछ कमरे निहायत घरेलू सामानों से अटे-भरे थे; और कुछ बाघ के खुले मुँह की तरह डरावने लगते थे! ऐसा वह घर गाँव के ज़मींदार रामसजीवन महाते का था!''...

...सोचकर जगदीप जी को लगता कि ऐसे घर और वातावरण में पली-बढ़ी उनकी पत्नी को ऐसा ही होना था...

और तब दो धाराएँ बह रही थीं— समानान्तर! दो दिमाग़! दो प्रवृत्तियाँ! उजाला और अँधेरा! समानान्तर!

जगदीप जी की खेती-किसानी के काम में तो गहरी रुचि थी ही; पढ़ाई छोड़ देने के बावजूद किताबों में उनकी रुचि कम न हुई थी। इसके साथ ही उन्हें हर तरह की कला-गतिविधि अपनी ओर खींचती। गाहे-ब-गाहे वे सुमेर मास्टर की कीर्तन-मंडली में जा बैठते। वहाँ उनकी अपने भीतर के सुर से जान-पहचान होती। मंडली के साथ कभी-कभार ढोलक, मंजीरे और हारमोनियम की संगत में गा भी लेते। हारमोनियम पर हाथ चलाने की कोशिश की तो धीरे-धीरे बजाना भी सीख गये। ...खेती के हर काम में उनका मन लगता था— चाहे वह बखर चलाना हो या बैलगाड़ी हाँकना; फ़सल कटाई हो या गाड़ी भरना; दाँय करना हो या उड़ावनी करना। वे बखर से खेतों की जुताई करते, हल से गेहूँ-चना की ऐर करते, फ़सल की कटाई करते, कटे हुए लाक से गाड़ी भरते, खलिहान

में फैली फ़सल पर बैल चला-चला कर दाँय करते और पाल में गेहूँ-चना भर बैलगाड़ी मंडी तक भी ले जाते! ये सब मेहनत और पसीने के बूते के काम थे। पर इन्हें करके उन्हें एक तरह की सन्तुष्टि तो हासिल होती ही, साथ ही घर के भीतर मौजूद बैठी दाँत खौखियाती फूहड़ता और उजड्डता से मुक्ति भी मिलती। वे सवेरे बैलों को लेकर खेतों के लिए निकलते तो शाम के अँधेरे में ही घर लौटते।

वह क्वार का महीना था। खेतों की जुताई का चरम काल। उस दिन वे दिनभर खेत में बखर चलाते रहे और शाम को घर लौटे तो सबसे पहले उन्होंने बैलों को खनौटे पर बाँध कर सानी दी। उसके बाद खाना खाने भीतर पहुँचे, तो उन्हें चिमनी की पीली-धुँधली रोशनी में चौके की परदिया हाल की बनी दिखी। उन्होंने उसे ध्यान से देखा तो उन्हें माटी की बनी परदिया में बने पाँच छेद दिखे। बिना किसी तरतीब और हिसाब के बने छोटे-बड़े पाँच छेद! उन्हें लगा कि वे छेद एक बराबर आकार और तरतीब से बने होते तो कलापूर्ण लगते! पाँच छेदों से एक फूल की आकृति भी बन सकती थी। कला तो कहीं भी हो सकती है। बस एक रचना-दृष्टि होनी चाहिए! प्रकृति में जो कुछ भी होता है वह कितना कलापूर्ण होता है! चाहे वह उगता हुआ पौधा हो या खिला हुआ फूल; चाहे वह बहती हुई नदी की धारा हो या आसमान से बरसती पानी की बूँदें...! उन्हें तो खेती का काम भी निहायत कलापूर्ण लगता था! उन्होंने देखा है कि एक-एक कूँड़ पर दिन भर चलते दो आदमी और दो बैल किस प्रकार 'कूँड़ों की लकीरों' की शक़्ल में सौन्दर्य रच देते हैं! दो बैलों और दो मनुष्यों के द्वारा रचे गये उन्हीं तरतीबवार कूँड़ों पर बाद में पौधों के अँखुये निकलते और उसके बाद पाँत-दर-पाँत बड़ी फ़सल का रूप लेते हैं तो कितने कलापूर्ण लगते हैं।

पत्नी ने लाकर उनके सामने थाली रखी, तो उन्होंने उससे पूछा था, "ये परदिया आज बनी है?"

"ह्हाँ!" पत्नी ने कहा और उनकी ओर देखा।

"तुमने बनाई है?" उन्होंने उससे आगे पूछा।

"ह्हाँ!"

"जामें जे छेद बने हैं वे अच्छे लग रहे हैं?"

सुनकर पत्नी ने परदिया में अपने बनाए छेदों को देखा और कहा, "काये... ?"

"जेई छेद जो चाहे कहूँ बना दिए हैं, अगर हिसाब सों बनाए जाते तो कितने अच्छे लगते!... चार छेद बराबर दूरी पै चौकोन बनाइ कें बीच में एक छेद बनाऔ जातो तौ फूल-जैसौ दिखाई देतो!..." उन्होंने पत्नी से कहा था।

"मोइ तौ जैसौ समझ में आओ, तैसौ बनाइ दऔ!" पत्नी ने कहा।

"माटी और बची है कि नहीं?" उन्होंने पत्नी से कहा।

"आँहाँ... धरी है!"

"तौ ल्या, और जे सब छेद मूँद!" उन्होंने पत्नी से कहा, "ऐसी फूहड़ता मो ते देखी नहीं जाइगी!"

"काये?... छेद का लै रहे हैं तुम्हारौ?" पत्नी चिचियाई।

"तेरी तौ जैसी भोंड़ी अकल, वैसी ही भोंड़ी आवाज!... अब तोइ कहा बताऊँ कि जे छेद मेरौ कहा लै रहे हैं!..." उन्होंने कहा, "बन्द कर इन्हें... रोटी मोते तबई खाई जाएगी!... बदसूरती मोते देखी नहीं जाति...!"

सुनकर पत्नी भनभनाती और पैर पटकती बाहर निकल गयी और माटी का एक लोंदा लाकर छेदों को बन्द करने लगी थी।

जगदीप जी ने छेदों के भर जाने के बाद परदिया को एक बार फिर देखा था, और थाली में से रोटी का कौर तोड़ा था।

दरअसल उन्हें किसी भी तरह का भोंड़ापन बर्दाश्त न हो पाता था। वे उसे देख नहीं सकते थे। यह उनकी बचपन से ही आदत बन गयी थी। जब वे स्कूल में पढ़ते थे, तब कॉपी में लिखते हुए कभी ग़लती या असावधानी से कोई शब्द ग़लत लिख जाने पर काटना पड़ता तो उन्हें उस समूचे लिखे हुए का ही मज़ा किरकिरा हुआ लगने लगता और तब वे उस पूरे पन्ने को ही कॉपी में से फाड़ देते और उसकी पूरी इबारत दोबारा लिखते— साफ़, शुद्ध और सुन्दर अक्षरों में। उनकी ज़िन्दगी में यह बात उसूल की तरह रही आयी कि वे जो भी काम करें, वह अच्छा ही हो!

किसी भी काम में किसी भी तरह की कमी या खोट उन्हें बर्दाश्त के बाहर लगती रही आयी! उन्हें हर काम ख़ूबसूरत और चाकचौबन्द ही अच्छा लगता रहा आया था।

और इसी कारण घर में एक युद्ध जारी रहा आया था। युद्ध— अँधेरे और उजाले के बीच...!

उत्तरकथा का मध्यपाठ

जगदीप जी पच्चीस के हो गये थे।

और उसी साल वे पिता बन गये थे। एक बेटे के पिता! घर में बेटा पैदा होने की बड़ी ख़ुशी थी। वे ख़ुश थे, अम्माँ ख़ुश थीं...

'खन्न्... खन्न्... खन्न्... खन्न्... खन्न्... खन्न' काँसे की थाली बजाई गयी थी उस दिन— द्वार पर उस वक़्त, जब बेटा पैदा हुआ था। मोहल्ले में जहाँ तक उसकी आवाज़ पहुँची थी, वहाँ तक लोगों ने समझ लिया था कि जगदीप जी के यहाँ बेटा पैदा हुआ है! ख़ुशी की बात है। लोग ख़ुश हुए थे।

और जगदीप जी की ख़ुशी बहुत बड़ी थी। इतनी बड़ी कि भीतर समाये न समा रही थी। पर उन्हें लोक-मर्यादा का ख़्याल था, सो उनकी ख़ुशी गुपचुप ही बनी रही थी।

पर द्वार पर लोगों की आमद शुरू हो गयी थी। वे ख़ुशी का इजहार करते हुए उनसे कह रहे थे, "अरे, अब गुड़ बँटवाऊ जगदीप!"

उन्हें लगा था कि बात सही है! गाँव में हर ऐसी ख़ुशी के अवसर पर ऐसा होता आया था। वे गुड़ बँटवाने के लिए इन्तजाम करने में लग गये थे। और गाँवभर के लिए गुड़-मिठाई लेने आने का न्यौता दिया गया था। अम्माँ ने अपने हाथों में भर-भर कर गुड़ दिया था लोगों को।

गाँव बहुत छोटा था वह— और घर, जिसमें बेटा पैदा हुआ था, ईंट की डेढ़ हाथ चौड़ी दुमदुमेनुमा दुछल्ली दीवारों का बना, पर ख़ुशी बहुत बड़ी।

उन्होंने कुछ देर बाद ही बेटे का नाम रख दिया था मन-ही- मन— दिवाकर! यानी दिन करनेवाला! दिन अर्थात् उजाला! यानी उजाला करने

वाला। दिन में जो पैदा हुआ था। सूरज की रोशनी में। अर्थ जानते थे वे 'दिवाकर' शब्द का। सूरज! जो रोशन करता है संसार को।

...ठंड के दिन आ गये थे।

पुजारी बाबा के द्वार पर प्राय: बारहों महीने 'रामायण' बँचती थी। रामायण यानी तुलसीकृत रामायण— 'रामचरितमानस!' रामायण की पोथी तिखुटी पर रखकर एक मुख्य वाचक और उसके साथ चार-छह अन्य लोग सस्वर दोहे-चौपाइयाँ गाते हुए बाँचते थे। कुछ श्रोता भी ज़रूर होते थे वहाँ, जो पूरे भक्तिभाव और श्रद्धा के साथ सुनते थे। जगदीप जी भी वहाँ चले जाते थे।

जगदीप जी उस शाम को 'रामायण' सुनने गये थे और वहाँ से लौटे तो एक अनजानी-सी बेचैनी लेकर! वे यह नहीं समझ पा रहे थे कि ऐसा क्यों है! पर इतना समझ पा रहे थे कि यह रामायण-वाचन के दौरान जो कुछ हुआ उसी के कारण है। वह पूरी रात उन्होंने बेचैनी की नींद के साथ काटी। सवेरे जगे तो, पन्नू ढुलकिया के मरने की ख़बर ने उन्हें हिलाकर रख दिया। और उनकी बेचैनी दोगुनी हो गयी। उस बेचैनी से निजात के लिए, वे समझ न पा रहे थे कि क्या करें। दिशा-मैदान के लिए गये तो देर तक खेतों पर टहलते रहे। लौटे, नहाये-धोये। खाना खाया। पर बेचैनी थी कि जैसे धीरे-धीरे उन्हें कुतर रही थी। अन्त में उन्हें लगा कि जो कुछ उन्होंने देखा और महसूस किया है, उसे लिख दें। और वे अपनी एक पुरानी कॉपी लेकर लिखने बैठ गये। कॉपी में वे लिख रहे थे—

सर्दियों की रात बड़ी लम्बी होती है, इसलिए कुछ समय काटने के लिए मैं पुजारी बाबा के द्वारे होने वाली 'रामायण' सुनने चला जाता हूँ। उस दिन ब्यालू करके 'रामायण' में जाने के लिए निकला ही था कि गली में लोगों का ताँता लगा दिखाई दिया। मैं पूछे बिना न रह सका, "कहाँ जा रहे हो भैया?"

"रामकथा सुनने!... थानेदार सा'ब की रामकथा है आज... तुम्हें नाँहि पतौ का... बड़ौ शौक है बिन्हें... नामी गवैया हैं!"

सुनकर पहले तो आश्चर्य हुआ— थानेदार साहब और रामकथा!

नितान्त बेमेल जोड़ी। दिमाग़ में अनेक सवाल उगे।

अन्ततः मैं जा पहुँचा रामकथा सुनने।

गैस-लालटेन की रोशनी फैली हुई थी पुजारी बाबा के दरवाज़े पर। सब जगह बिछावन बिछाई गयी थी। थानेदार साहब सुन्दर और स्वच्छ गलीचे पर आसीन थे। उन्होंने उस समय अपने पुलिसिया अधोवस्त्र की बजाय छींट की लुंगी लपेट रखी थी; बेशक कमीज खाकी ही थी और उसके दोनों कन्धों पर जड़े 'फूल' थानेदारी का रोब जमा रहे थे। सामने वस्त्राावेष्ठित रामायण की पोथी रखी थी। चौपाल श्रोताओं से पूरी भर चुकी थी।

यह सब मुझे कतई आश्चर्यजनक नहीं लगा, किन्तु उस समय मेरे अचरज का ठिकाना न रहा जब मैंने श्रोताओं की अग्रपंक्ति में बैठे सरपंच मदनसिंह और पटेल गुरुदयाल को देखा। इनके साथ कुछ और लोग भी उपस्थित थे, जिन्हें मैंने कभी भी इसके पहले रामकथा में नहीं देखा था। मैं एक तरफ़ जा बैठा था।

खचाखच भर गयी सभा देख, थानेदार साहब बोले, "मैं हारमोनियम और ढोलक-मंजीरे की संगत में कथा कहूँगा।"

यह व्यवधान लोगों को अच्छा तो नहीं लगा, किन्तु म्याऊँ का मुँह कौन पकड़े। हारमोनियम, ढोलक, मंजीरे लाये गये।

हारमोनियम ख़ुद थानेदार साहब ने सँभाला। मंजीरे एक और आदमी ने पकड़ लिये। किन्तु ढोलक बजाने वाला कोई न निकला तो थानेदार साहब ने पूछा, "ढोलक कौन बजाएगा?"

किसी ने हामी नहीं भरी। एक-दो बजाने वाले थे भी उस सभा के बीच, लेकिन वे थानेदार के संग बजाने का साहस नहीं जुटा पा रहे थे।

"ढोलक को बजाउत है रे?" सरपंच ने पूछा।

"ढोलक तो पन्नू बाबा ही बजाइ सकें हैं!" एक व्यक्ति ने कहा।

"अच्छी बजाता है?" थानेदार ने पूछा।

"अरे, नामी बजैया है साब, नामी!" उसी व्यक्ति ने उत्तर दिया।

"तो बुलाओ उसे!" थानेदार ने आदेशात्मक लहजे में कहा।

''बो झाँ नइयाँ साब... बूढ़ौ है सत्तर बरस कौ... और अब तौ आँखीन सोंउ नाँहि दीखत साइ।'' एक व्यक्ति बोला।

''का आइ नहीं सकैगौ?'' सरपंच ने पूछा।

''आइ तौ सकै है... पर लैबे-करबे जानों परैगौ।''

''तौ लै आऊ और कर आइयौ!'' सरपंच ने कहा, ''एक जनौं जाउ जल्दी पन्नू ऐ लैबे।''

सुनकर एक युवक उठा और दौड़ गया पन्नू को लेने, दूसरे मुहल्ले।

और कुछ देर में युवक का हाथ थामे पन्नू ने वहाँ पहुँचते ही सबका अभिवादन किया, ''राम-राम!'' उत्तर में 'राम-राम' का समवेत उच्चारण हुआ। पन्नू को यथास्थान बैठाया गया और उसके हाथों में ढोलक दे दी गयी। ढोलक को सँभालते ही पन्नू की उँगलियाँ उस पर थिरकीं 'धा-धीं-धीं-धिन्' थानेदार ने पन्नू की ओर देखा— आँखें तो निष्तेज थीं, पर झुर्रियों भरे चेहरे पर चमक थी।

पन्नू की उँगलियों में जादू-सा भरा है। जब वह ढोलक बजाता है, तो ढोलक बजती ही नहीं, अपितु नाचती और गाती भी है। ढोलक बजाते वक़्त वह तन्मय हो जाता है। इसका पुरस्कार उसे यह मिला हुआ है कि ढोलक उसके नाम के साथ जुड़ गयी है। पन्नू नाम वाले लाखों व्यक्तियों में भी 'पन्नू ढुलकिया' अकेला है।

थानेदार साहब ने रामकथा शुरू कर दी। पेटी पिपियाई। ढोलक ठनकी। मंजीरे खनके। गले ने उच्चारण किया—

एहि बिधि गये कछुक दिन बीती। कहत बिराग ग्यान गुन नीती॥
सूपनखा रावन के बहिनी। दुष्ट हृदय दारुन जस अहिनी॥
पंचवटी सो गइ एक बारा। देखि विकल भइ जुगल कुमारा॥...

रामकथा की चौपाइयों से चौपाइयाँ जुड़ीं। कथा शृंखला बढ़ी। हारमोनियम आवाज़ के साथ था। मंजीरे खनक रहे थे। ढोलक की थाप कानों को बरबस आकर्षित कर रही थी— अन्धे पन्नू की ढोलक पर थिरकती उँगलियाँ अपना करतब दिखा रही थीं।

थानेदार ने देखा, श्रोताओं के कान और आँखें ढोलक पर केन्द्रित हैं। उसने अपनी कमीज़ के कन्धों पर चमकते 'स्टारों' पर दृष्टि डाली; फिर

मुँड़ासा बाँधे पन्नू के झुर्रियों भरे चेहरे, मैले-कुचैले कपड़ों और ढोलक पर बिजली की तरह नाचते हाथों को देखा।

कथा और आगे बढ़ी। सब बाजे बज रहे थे। एकाएक थानेदार की निगाह सरपंच की ओर गयी— मदनसिंह पन्नू के ढोलक पर नाचते हाथों को देख-देख कर मोहित हो रहे थे। वे ढोलक की ताल पर हल्के-हल्के झटके देकर सिर मटका रहे थे। थानेदार ने वहाँ मौजूद सब पर निगाह फेरी— ढोलक का जादू सबके सिर चढ़ कर बोल रहा था। और अचानक थानेदार के चेहरे पर ईर्ष्या की लकीर खिंच गयी। और अगले ही पल सबकी झक्की खुल गयी। वजह यह कि थानेदार सरोष दहाड़ रहा था, ''ए बूढ़े! अभी लप्पड़ मारूँगा सो होश में आ जाएगा... सही ठेका लगा!... किधर को चल रहा है?...''

सुनकर पन्नू सहम गया। उसकी समझ में नहीं आ रहा था कि वह कहाँ ग़लती कर गया है। उसके शरीर का लहू मानो जम गया था। वह अपनी अन्धी आँखों को फाड़ता हुआ इधर-उधर देख रहा था।

संगीत-रस और कथा-रस अनभिज्ञ श्रोताओं की भी समझ में कुछ नहीं आ रहा था कि यह नौबत क्यों आयी। सब एक-दूसरे की ओर देख रहे थे।

''बजा!... अबकी गल्ती की तो...'' थानेदार ने रोबीली आवाज़ में पन्नू से कहा, और हारमोनियम सँभाला।

थानेदार गा रहा था—

लछिमन अति लाघव सो, नाक कान बिनु कीन्ह।
ताके कर रावन कँह, मनों चुनौती दीन्ह॥

हारमोनियम बज रहा था। ढोलक-मंजीरे साथ दे रहे थे।

कथा आगे बढ़ रही थी... कर्ण-नासिका हीन होने पर सूर्पनखा रोती-बिलखती अपने भाई रावण के पास पहुँची। रावण ने प्रतिरोध के लिए सीता को चुरा लेने का फैसला किया और मारीच के पास पहुँचा तथा उसे अपना मन्तव्य कह सुनाया। मारीच ने रावण को बहुविध समझाया कि व्यर्थ ही मेरी जान जाएगी और आप परेशान होंगे। पर रावण ने उसकी एक न सुनी तो वह स्वर्ण मृग बन गया...

अति विचित्र कछु बरनि न आई। कनक देह मनि रचित बनाई॥
सीता परम रुचिर मृग देखा। अंग-अंग सुमनोहर वेषा॥
सुनहु देव रघुवीर कृपाला। एहि मृग कर अति सुन्दर छाला॥
सत्य संध प्रभु बध करि एही। आनहु चर्म कहति वैदेही॥
तब रघुपति...
मृग बिलोकि कटि परिकर बाँधा। करतल चाप रुचिर सर साँधा॥

थोनदार साहब हारमोनियम के स्वर-में-स्वर मिलाये जा रहे थे। मंजीरों से ज़्यादा मंजीरावादक की सिर मटक रहा था। अन्धा पन्नू सिर झुकाये ढोलक पर उँगलियाँ चलाये जा रहा था।

उसी समय गुरुदयाल पटेल ने अपनी जेब टटोली, उसमें से दो रुपये का नोट निकाला; उसे तर्जनी, मध्यमा और अँगूठे के बीच दबाया तथा खड़े होकर थानेदार साहब के निकट पहुँच उनके सिर पर घुमाया और न्यौछावर कर दिया। छबुआ नाई ने खड़े होकर शीघ्रता से अपने हाथ में सँभाल लिया और जेब के हवाले कर दिया। यह देखकर सरपंच मदनसिंह उठे और पाँच रुपये का नोट थानेदार साहब पर न्यौछावर कर यथास्थान बैठ गये। यह देखकर कुछ और लोगों ने भी यह 'सत्कर्म' किया और स्वयं को साहब का कृपा-पात्र बनाया। छबुआ की जेब गर्म हो रही थी।

रामकथा चल रही थी और संग ही न्यौछावर क्रिया भी। मंजीरा वादक का सिर हिलना कभी बन्द हो जाता तो कभी ताल पर, आन्दोलित। दृष्टिहीन पन्नू अवश्य ही निरपेक्ष भाव से ढोलक बजाने में मगन था। कुछ लोग अब भी उसकी ढोलक पर मुग्ध सिर हिलाये जा रहे थे।

थानेदार ने एकबारगी वहाँ मौजूद सभी श्रोताओं पर निगाह डाली। और वह जल कर खाक हो गया। उसने कनख़ियों से अपनी कमीज के कन्धों पर जड़े 'स्टारों' को देखा— गैस-बत्ती की रोशनी में चमक रहे थे।

और अगले ही क्षण एक अप्रत्याशित झटके से पन्नू लुढ़क कर चित्त हो गया। वजह यह कि थानेदार ने उसके कन्धे और छाती के बीच में ऐसा धक्का मारा था कि ढोलक उसके हाथ से छूट कर अलग जा गिरी, पीठ फ़र्श पर जा लगी और पैर आसमान की ओर उठ गये। वह जल्दी-जल्दी उठकर बैठने की कोशिश कर रहा था, पर उठ नहीं पा रहा था। थानेदार

बड़बड़ा रहा था, "ऐसी भोंड़ी ढोलक बजती है... अभी तक बजाई होगी ऐसों-वैसों के संग... कमीना सारा मजा किरकिरा किए दे रहा है!..."

और इसके साथ ही उसने कथा-समाप्ति की घोषणा कर दी थी, "कथा विसर्जन होत है..."

पन्नू जैसे-तैसे उठकर बैठ गया था, पर अब भी उसका शरीर काँप रहा था। बूढ़ा शरीर, फिर थानेदार का कोपभाजन! तिस पर हिमवर्षक जाड़ा! सबने देखा, अन्धी आँखों की कोरें भीगी थीं।

सहानुभूति और सत्कार शक्ति के अनुगामी होते हैं। त्रस्त पन्नू को देख सब रहे थे लेकिन कोई उसे सान्त्वना देकर भय-मुक्त नहीं कर पा रहा था।

सरपंच ने जेब से सिगरेट का पैकेट निकाला और थानेदार की ओर बढ़ा दिया। साहब ने सिगरेट निकाली और मुँह में खोंस ली। माचिस की तीली जली और धुआँ चारों ओर फैल गया। और लोगों ने बीड़ियाँ सुलगा लीं।

"रामकथा में तो मजा आइ गऔ!" एकाएक सरपंच बोले।

"साब, कमाल कौ सुरीलौ गलौ है आपकौ!" गुरुदयाल पटेल ने थानेदार की ओर मुख़ातिब होकर कहा।

कई लोगों ने साहब की प्रशंसा के पुल बाँध दिए। पहले जिन लोगों के सिर ढोलक की ताल पर मटक रहे थे वे ही अब साहब की तारीफ करने में हिल रहे थे।

"चलो, अब तो ठंड जोर मार रही है।" कहकर थानेदार उठ खड़ा हुआ, तो यह देखकर सभी लोग उठ खड़े हुए। मदनसिंह सरपंच आगे चले, थानेदार साहब उनके पीछे, गुरुदयाल पटैल बग़ल में। श्रोताओं की भीड़ ने गली के मोड़ तक साहब का साथ दिया। तदुपरान्त सब अपने-अपने ठिकानों की ओर चले। कुछ देर तक 'रामकथा', 'थानेदार साब', 'मजा आइ गऔ', 'राम-राम', 'जयराम जी की' आदि उच्चारण रात की फ़िज़ा में तैरते रहे। उसके बाद सब कुछ निःशब्द हो गया।... रात गहरा गयी थी। आसमान से ओस झर रही थी!

रात को सब थानेदार साहब के आगे-पीछे बने रहे और अन्धे पन्नू को उसके घर पहुँचाने की चिन्ता किसी ने नहीं की। परिणामत: भोर की पहली किरण उगने के साथ ही गाँव भर में पता लग गया था कि पन्नू ढुलकिया रात भर 'रामकथा' की दरी पर ही पड़ा रहा और ठंड से ठिठुर कर मर गया!

लिख लेने के बाद जगदीप जी ने, अपने लिखे हुए को एक बार फिर पढ़ा, और उन्हें लगा कि उनके भीतर का बोझ-सा उतर गया है! शायद इसकी वजह यह थी कि उन्होंने अपने भीतर की पीड़ा को काग़ज़ पर उतार दिया था।

दिवाकर जिस साल नौ वर्ष का हो रहा था, उस साल उसका छोटा भाई पैदा हुआ था। इस बार भी घर में वैसी ही ख़ुशी मनी, जैसी दिवाकर के जन्म पर मनी थी। अम्माँ ने इस बार भी गाँव भर के लिए गुड़-मिठाई बँटवाई थी। जगदीप जी ने अपने दूसरे बेटे के नाम के बारे में सोचा। उन्हें उसका नाम भी दिवाकर जैसा ही रखना था। उन्होंने उस तरह सोचा, तो प्रभाकर, विभाकर, सुधाकर उनके ज़ेहन में कौंधे। पर अन्तत: उन्हें पसन्द आया शुभंकर! शुभंकर यानी शुभ करने वाला।

दिवाकर जैसे ही पाँच साल का होकर छठवीं में पहुँचा था तो जगदीप जी उसे लेकर स्कूल में पहुँचे और उसका नाम लिखा आये थे। कुछ ही दिनों में वह स्कूल का नियमित विद्यार्थी हो गया था। पढ़ाई में बहुत तेज़ दिमाग़ निकला था। चीज़ें तत्काल याद कर लेता, लिखाई पूरी रखता था।

पाँचवीं बोर्ड परीक्षा उसने प्रथम श्रेणी में पास की; और विद्यालय में वह प्रथम रहा था।

गाँव का प्राइमरी स्कूल कुछ वर्ष पहले अपग्रेड होकर मिडिल हो गया था; और मिडिल स्कूल दो साल पहले उन्नत कर हाईस्कूल कर दिया गया था।

प्राइमरी पास करने के बाद दिवाकर ने मिडिल स्कूल में दाखिला ले लिया था। आगे चल कर मिडिल बोर्ड परीक्षा भी उसने स्कूल में

अव्वल रहते हुए फर्स्ट डिवीज़न में ही पास की थी।

जगदीप जी भीतर-ही-भीतर ख़ुश थे कि उनका बेटा मेधावी है। पर वे अपनी ख़ुशी को कभी सतह पर न आने देते थे।

दिवाकर अब गाँव के हाईस्कूल में पढ़ता था, और उसकी पढ़ाई से स्कूल के सभी शिक्षक प्रसन्न थे। दिवाकर अकसर जगदीप जी से कहता था, ''पापा, यहाँ पढ़ाई ठीक नहीं होती। शहर में पढ़ाई ठीक रहेगी।''

वे उसकी इच्छा समझते और कहते, ''वो तो ठीक है पर शहर में पढ़ाई की अपनी व्यवस्था कहाँ है!... कहाँ रहोगे तुम?... खाने-पीने की और न जाने कितनी समस्याएँ हैं।...''

''कोऊ समस्या नहीं होगी'', वह कहता, ''खाना मैं बनाइ लेंगो।...''

पर उनका मन न मानता। वे टालते, ''ठीक है, जा साल पूरी करौ... अगली साल देखेंगे... करेंगे कछू व्यवस्था।''

पर अगली साल आने में भी देर न लगी। दिवाकर ने गर्मी की छुट्टियों में ही कहा, ''पापा, जा साल तौ शहर में ही भर्ती होंइगो!''

''देखेंगे...'' उन्होंने उससे कहा।

उन्हें कभी-कभी तो झुँझलाहट होती कि बरखुरदार को शहर में पढ़ने की पड़ी है... वहाँ अकेला रहने पर कितना परेशान होगा, अभी इसका अन्दाज़ा नहीं है। उन्हें लगता कि उसे अपने साथ रखते हुए पढ़ाना ही बेहतर होगा।... और उनकी टालमटोल के साथ दिवाकर गाँव के स्कूल में ही बना रहा। पर हाईस्कूल बोर्ड की परीक्षा प्रदेश बोर्ड की थी, इसलिए परीक्षा-केन्द्र गाँव में न रहकर शहर में ही रहा। इसलिए परीक्षा के लिए वे उसे लेकर शहर में आये और परीक्षा पूरी होने तक उसके साथ रहे। शहर में परीक्षा देते हुए वह ख़ुश था।

और हाईस्कूल बोर्ड के नतीजे में भी वह फिर अपने स्कूल में अव्वल रहते हुए फर्स्ट डिवीज़न से ही पास हुआ— तीन विषयों में डिस्टिंक्शन के साथ।

उसके बाद आगे की पढ़ाई के लिए गाँव में स्कूल था नहीं। इसलिए

जगदीप जी ने गाँव छोड़कर शहर में जा बसना ही उचित समझा। वे अपने बेटे को अकेला शहर में नहीं भेजना चाहते थे; इसलिए परिवार सहित शहर में आ गये और किराये के एक कमरे में रहने लगे।

दिवाकर को एडमीशन शहर के सबसे अच्छे स्कूलों में से एक 'आर.के.वी.एम. हायर सेकेंडरी स्कूल' में दिलाया। शुभंकर उस वर्ष तीसरी कक्षा में आ गया था। गाँव के स्कूल से उसका एस.एल.सी. लेकर, शहर के 'बालक मन्दिर प्राथमिक विद्यालय' में उसे प्रवेश दिला दिया गया। दोनों बेटों का एडमीशन हो गया तो उन्होने इतमीनान की साँस ली।

उसके बाद वे लगातार इस फ़िराक़ में बने रहे कि कोई छोटा-सा मकान मिल जाए, तो गाँव की अपनी ज़मीन निकाल कर उसे ख़रीद लेंगे। और दो-तीन महीने के भीतर ही इत्तिफ़ाक यह हुआ कि हाउसिंग बोर्ड की कॉलोनी में उन्हें एक छोटा-सा मकान मिल गया। वे उसे देखने पहुँचे तो पहली ही नज़र में वह उन्हें पसन्द आ गया। दो कमरे, एक किचन, लैट्रिन-बाथरूम और एक छोटा-सा आँगन। वह मकान उन्हें अपने परिवार के लिए बिल्कुल उपयुक्त लगा था। और उन्होंने बिना कोई देर किए अपना एक खेत बेचकर वह मकान ख़रीद लिया था और वे किराए के कमरे को छोड़कर अपने मकान में आ गये थे। उन्हें उस दिन भारी तसल्ली हुई थी कि अब उनका परिवार छोटे ही सही, पर अपने घर में है।

पर इस छोटे-से घर के बरअक्स उन्हें गाहे-ब-गाहे गाँव का अपना बड़ा और खुला-खुला घर याद आता। उस वक़्त वे सोचते कि यदि अम्माँ जीवित होतीं, तो शायद वे अपना गाँव का घर छोड़कर शहर के इस छोटे-से घर में रहने आने के लिए कभी राज़ी न होतीं। समय की जैसी माँग होती है उसके हिसाब से स्थितियाँ-परिस्थितियाँ बनती और बदलती हैं। अम्माँ दो साल पहले गुज़र गयी थीं, और परिवार के लिए शहर जाने का रास्ता साफ़ कर गयी थीं।

कई महीने बीत गये थे शहर में आये हुए। पर गाँव जगदीप जी का पीछा न छोड़ता था। उनका अपना वह गाँव, जिसमें पैदा होकर वे पले-बढ़े ही न थे; बल्कि जिसने उन्हें ऐसे अनुभवों से समृद्ध किया था जो

जीवन की पूँजी कहे जा सकते हैं और जो किसी शहर में किसी को कभी हासिल नहीं हो सकते।... वह गाँव जिसमें उन्होंने मनुष्य की जीवट और मेहनत को देखा था; जिसमें उन्होंने साक्षात ग़रीबी को देखा था; जिसमें उन्होंने अमीरी और अन्याय को देखा था; जिसमें उन्होंने पोंगापन्थ और अन्धविश्वास को देखा था; जिसमें उन्होंने भाईचारे और वैमनस्य की हदें देखी थीं। वही गाँव जिसके कारण वे बाबूलाल से मिल पाए थे— बाबूलाल, जो ख़ुद ही अपना अतीत था और ख़ुद ही अपना भविष्य भी!... उस दिन जगदीप जी ने गाड़ी में पाल तानकर, मंडी में ले जाने के लिए गेहूँ भरे थे और मौंकसी बाँधकर द्वार पर रख दिए थे... रात नौ बजे उन्होंने बैलों को सानी दी थी और सो गये थे। उसके बाद ठीक डेढ़ बजे रात को उनकी आँख खुली थी, और वे उठकर मंडी को चलने की तैयारी में लग गये थे। दो बजे के आसपास उन्होंने बैलों को गाड़ी में नह दिया था और चल पड़े थे मुरार गल्ला मंडी के रास्ते पर। सवेरे नौ बजे तक उन्हें मंडी में पहुँचना था— बोली लगने से पहले— तकरीबन ग्यारह मील बैलगाड़ी हाँक कर।

गाँव बाहर पहुँचे तो आसमान पर चन्द्रमा खिला हुआ था और आसपास उसकी चाँदनी बिखरी हुई थी। कच्चा रास्ता धूल भरा था; पर रात की ठंडी खुनक के कारण धूल ऊपर उठ नहीं रही थी। 'धच्-पच्', 'धच्-पच्' करती बैलगाड़ी आगे बढ़ती रही थी और रात भर चलते-चलते सवेरे नौ बजे के आसपास मंडी में जा पहुँची थी।

मंडी में बोली लगनी शुरू हुई थी साढ़े नौ बजे। एक गाड़ी के बाद दूसरी गाड़ी पर पहुँचते व्यापारी उसमें भरी जिंस की बोली लगाते और आगे बढ़ जाते थे। अभी इस तरह बोली चल ही रही थी कि बोली लगने वाली गाड़ी के आसपास अचानक हल्ला हुआ और लोगों का जमघट लगने लगा था। यह देखकर जगदीप जी भी वहाँ पहुँचे थे तो उन्होंने देखा था कि एक आदमी गाड़ी की बग़ल में पड़ा है और एक युवक कभी उसकी नाड़ी पर हाथ रखता है कभी उसकी नाक के पास हाथ लगा कर उसकी साँसें चलना जाँचता है। वह युवक ही बाबूलाल था, जिसका बाप अभी-अभी अपने गेहुँओं की आख़िरी बोली सुनकर मर गया था। अपने

बाप के भरी मंडी में मर जाने के बाद भी बाबूलाल की आँख में एक आँसू नहीं था, बल्कि उसके चेहरे और आँखों में हताशा पसरी हुई थी; क्योंकि वह जानता था अपने बाप की मौत का कारण! जगदीप जी को उसने जो कुछ बताया था उसे सुनने के बाद वे सहज नहीं रह गये थे। वे गेहूँ बेचकर अपने गाँव लौट आये और एक बार फिर बेपनाह बेचैनी की गिरफ़्त में थे। उसी तरह एक दिन गुज़रा, फिर दूसरा दिन गुज़र गया। तो उन्होंने अपनी बेचैनी से निजात के लिए वही नुस्खा आजमाया जिसे वे एक बार पहले भी आजमा चुके थे। वे अब कापी के पन्नों पर बाबूलाल की बीती लिख रहे थे—

बाबूलाल की बात सुनकर उसके बाप गंगादीन की छाती जुड़ा गयी थी उस रात। जैसे वर्षों से प्यासे और सूखे भूखंड पर शीतल जल का स्रोत बह निकला हो, ''बापू, तुम दूसरे के घर काम करते हो और अपना खेत रामदीन जोतता है और बदले में आधा नाज ले लेता हर साल... अब सरपंच की नौकरी छोड़ दो बापू... अपनी ही खेती करो... मैं तुम्हारे संग काम करूँगा।'' बाबूलाल कह रहा था।

बेटे की ओर देखकर बाप का रोम-रोम पुलक से भर गया था। दिन भर की थकान काफूर हो गयी थी। ढिबरी की रोशनी में झुर्रियों भरा चेहरा उजला हो उठा था। बेटे की बात क्षण भर को किसी प्यारी सुगन्ध की तरह तन-मन में बस गयी थी— सही कहता है बाबू!

लेकिन अगले ही क्षण बाप के चेहरे का रंग उतर गया था। उसके भीतर से एक बात उठी, ''पर बाबू, सरपंच की नौकरी छोड़िबौ इतनों आसान है का, जितना तू समझ रहा है?... सरपंच कौ अठारा मन नाज खाऔ है हमनें जा साल... और जब तक हिसाब चुकता नहीं होइगौ तब तक नौकरी छूटना मुश्किल है!''

सुनकर बाबूलाल के चेहरे पर हवाइयाँ उड़ने लगीं, ''कितने पइसा होंइगे उनके?''

''जे तौ वे ई जानें!''

''हम मेहनत करके उनका कर्ज पटाएँगे... चैत आ रहा है... फ़सल की कटाई करेंगे... मैं, रामरती और अम्माँ— तीनों!''

बाप ने कुछ नहीं कहा।

बाबूलाल के दिल में हुलास था और छटपटाहट थी मुक्ति पाने की, सो होली बीतने पर जैसे ही फ़सल कटना शुरू हुई वह माँ और बहिन सहित सरपंच के खेतों पर लग गया था।

वह पहला दिन था कटाई का, तथा बाबूलाल और रामरती के लिए मेहनत का। दिन भर हँसिये गेहूँ के डंठलों पर चलते रहे और लाँक का ढेर करते रहे। शाम होते-होते थकान के मारे शरीर ढह गये दोनों के। रात में नींद पता नहीं कब आ गयी। दूसरे दिन सवेरे उठना दूभर हो गया था। पोर-पोर में दर्द था! दिन भर की मेहनत ने अलस शरीरों को तोड़कर रख दिया था! पर कटाई पर तो जाना ही था! दूसरे दिन फिर वही! '... राम-राम, घाम है कि बवाल है!' कई जुबानों से सुना जाता। चैत की दुपहरी। ज़रा भी हवा रुक जाती तो सारा शरीर पसीने में नहा जाता और लगता कि दम घुटता है, प्राण निकले जाते हैं। लेकिन फिर भी हँसिये गेहुँओं को चर्र्-चर्र् काटते हुए आगे बढ़ते जाते थे।

दिन मुँदने पर चैन की साँस मिलती थी।

उन दिनों गंगादीन काफी रात गये घर आता था। तब तक बाबूलाल और रामरती सो गये होते थे।

फ़सल की कटाई बाबूलाल के दिमाग़ में एक सवाल पैदा कर बन्द हो गयी। एक रात गंगादीन से उसने पूछा था, "बापू, जो लोग दिन-रात मेहनत करते हैं वे ही भूखों मरते हैं, और जो कुछ नहीं करते वे मौज उड़ाते हैं— ऐसा क्यों होता है?"

कटाई का हिसाब हुआ, तो तीन जनों की चौदह दिनों की मजूरी ऊँट के मुँह में जीरे के बराबर भी न हुई। विशम्भर सिंह सरपंच ने कहा, "अठारा मन के सवाई के हिसाब से हुए अठारा और साढ़े चार— साढ़े बाईस मन... जिसमें से मजूरी के घटाए तीन मन छै किलो; बचे उनइस मन चौदह किलो! हिसाब चुकता कर दे, और तुझे दिखे सो कर!"

सुनकर दिल बैठ गया गंगादीन का। कैसे? कहाँ से कर दे हिसाब चुकता? छुटकारा नहीं हुआ— दूसरी फिर तीसरी साल तक भी। चौथी साल जाकर हिसाब चुकता हुआ।

बैसाख की उस दुपहरी में धरती का ज़र्रा-ज़र्रा तप रहा था। तेज धूप शरीर पर ततैयों के से डंक मार रही थी। शरीर पसीने से तर-बतर हो रहा था, पर गंगादीन के पैर धरती पर न लगते थे। सब कुछ जैसा का तैसा था— मैले-कुचैले बंडी-पंचा, सूखे-से व धूल-भरे हाथ-पाँव लेकिन उसके झुर्राये चेहरे पर एक ख़ास क़िस्म की दमक थी उस दिन।

डाक-बोली अभी तक नहीं लगी थी; अलबत्ता बानगी सवेरे ही आकर ले गया था आढ़तिया। पाल की मोंकसी खोलकर गेहूँ की बानगी तस्तरी में डालते हुए गंगादीन के स्वर में हुलास था, "इकदानियाँ नर्वदा हैं सेठ जी, माटी की तौं एक छट भी नहीं मिलैगी।" आढ़तिया चुपचाप बानगी लेकर चला गया था। उसके कुछ देर बाद गंगादीन ने बाबूलाल से कहा था, "बाबू, कलेऊ कर लें अब।" बाबूलाल गाड़ी पर ही बैठा था। उसने सँभाल कर रखे कलेऊ के झोला को बाप की ओर सरकाकर कहा था, "कर लेउ!" गंगादीन भी गाड़ी पर बैठ गया और उसने कलेऊ खोला था। दो पराँठे बाबूलाल के सामने रख दिए उसने, साथ में पिसा हुआ नमक। दो ख़ुद ले लिए। कल दोपहर ही कह दिया था उसने बाबूलाल की अम्माँ से, "पराँठे डाल दियो, तेल नहीं होइ तौ आध सेर गेहूँ दे दे रामरती को, ले आएगी... अन्त-गाँव रोटी अच्छी नहीं लगैगीं... और फिर जाने कौन के भाग्य ते घर की खेती हुई है, घर में गेहूँ आये हैं और मंडी में बेचिवे जाइ रहे हैं... गिनती के बारा बहुत हैं— छै-छै दोनों कौं।"

दो-दो पराँठे पलक झपकते खा लिये बाप-बेटे ने। "एकाध और?" बाप ने बेटे से पूछा। बाबूलाल ने सिर हिला दिया। गंगादीन ने बाकी पराँठे बाँधकर फिर से झोले में रख दिए और कहा, "चार-चार गेहूँ बिकिवे के बाद खाइ लेंगे।" दोनों ने भर पेट पानी पी लिया था।

तब से बाबूलाल गाड़ी पर ही बैठा था, पर गंगादीन ने बैलों की सानी सँभाल दी थी। उस पर हर बार एक-एक मुट्ठी चून भुरक दिया था। कई बार प्यार से पुट्ठे थपथपाये थे बैलों के, पुचकारा था उन्हें।

मंडी में कुल गाड़ियाँ पन्द्रह-बीस से ज़्यादा नहीं हैं— ये देखकर तसल्ली हो रही थी उसे। उसने बाबूलाल से कहा था, "बाबू, आज मंडी

में गाड़ी तौ कम आयी हैं— पन्द्रा-बीस से जादा नहीं होंइगीं... अच्छौ भाव मिल जाइगौ।''

थोड़ी देर में मंडी के व्यापारी इकट्ठे हुए और एक-एक कर गाड़ियों पर बोली लगने लगी। एक गाड़ी की बोली टूटती और व्यापारी अगली गाड़ी पर पहुँच जाते। आढ़तिया गाड़ी के ऊपर चढ़ जाता। आसपास व्यापारी मधुमक्खियों की तरह झिमट जाते। गाड़ी में भरे अनाज के दाने हथेलियों पर उछालते, आँखों से परखे जाते, दाँतों से कुटके जाते। बोली आगे बढ़ती रुपयों में, आधे रुपयों में, फिर पाव रुपयों में आगे सरकती और अन्ततः टूट जाती!

उनकी गाड़ी का नम्बर आया तो आढ़तिया गाड़ी पर चढ़ गया था। उसने गंगादीन से पाल की मोंकसी खोल देने को कहा था। गंगादीन ने पाल का मुँहाना ढीला कर दिया था। गेहूँ बाहर झाँकने लगे थे— जगमग-जगमग! आढ़तिया ने आवाज़ लगाई थी, ''नर्वदा गेहूँ! इकदानियाँ नर्वदा!'' गंगादीन और बाबूलाल एक ओर साँस साधकर खड़े हो गये थे। देखें, किस भाव जाते हैं उनके गेहूँ!

गेहूँ अनेक मुट्ठियों में पहुँच गये थे— छिटकते हुए, फैलते हुए। उछाले जा रहे थे, परखे जा रहे थे एक व्यापारी ने इशारा किया तो आढ़तिया ने पहली बोली लगाई, ''एक सौ दस!''

सुनकर गंगादीन के चेहरे पर राख-सी पुत गयी, बाबूलाल की कनपटी पर तमाचा-सा लगा।

एक और व्यापारी ने कहा, ''एक सौ पन्द्रह!''

''एक सौ बीस!'' तीसरे ने कहा।

''एक सौ बाईस!'' चौथे ने कहा।

''पच्चीस!''

बोली बढ़ रही थी... और फिर बोली टूट गयी। गाड़ी के ऊपर खड़ा आढ़तिया गला फाड़ रहा था, ''इकतीस एक-इकतीस दो, इकतीस तीन! एक सौ इकतीस, एक-दो-तीन!'' व्यापारी आगे की गाड़ी की तरफ़ बढ़ गये थे। आढ़तिया गाड़ी से नीचे उतर आया था।

और गंगादीन को झमा-सा आया तो वह जहाँ खड़ा था वहीं ज़मीन

पर बैठ गया। बाबूलाल ने देखा तो कहा, ''क्या बात है बापू?'' जवाब में गंगादीन बुद्बुदाया था, ''नहीं जे नहीं हो सकैगौ... जा भाव नहीं जाएँगे गेहूँ, जा भाव ते कैसें पटैगौ कर्ज!''

सुनकर बाबूलाल का भी दिल बैठा जा रहा था। उसके सामने ही तो कहा था विशम्भर सिंह सरपंच ने, ''बेटा खेती करना चाहता है तो बेटे से लिखा दे टीप, तभी मिलेगा बैलों के लिए कर्ज! लिखा दे बेटे से कि कर्ज अदा नहीं हुआ तो अपने शरीर से अदा करेगा।''

तैयार थे दोनों... टीप लिखी थी बाबूलाल ने... दस्तख़त किए थे विशम्भर सिंह की बही में। कर्ज अदा नहीं हुआ तो वह विशम्भर सिंह के यहाँ नौकरी करके देह से अदा करेगा।

विशम्भर सिंह ने कहा था, ''बीज के लिए गेहूँ लोगे तो सवा दो सौ रुपया क्विंटल है बीज... और बीज पर सवाई लगेगी।''

''देंगे सवाई।'' गंगादीन ने कहा था, ''खेती करी है तौ बीज तौ ऐरनों ही परैगौ।''

बीज लिया था सवा दो सौ रुपये क्विंटल। सवाई पर। सवाई, यानी सौ के सवा सौ।

''पर बेचने की बारी आई तो एक सौ इकतीस रुपैया क्विंटल। क्यों? आख़िर क्यों? उतनी मेहनत की इतनी कीमत। कैसा अँधेर है जे! जब अमीर गरीब को बेचता है तो मुँह माँगे दाम लेता है, जब अमीर ग़रीब से ख़रीदता है तो मनचाहे दाम देता है। कैसी अन्धेरगर्दी है जे!'' गंगादीन कह रहा था।

गंगादीन ने बाबूलाल के मुँह की ओर देखा था— एक आत्मीयता से भरी बेचैन निगाह से। और अचानक एक चीख-सी निकली मुँह से, ''नहींऽऽऽ ईंऽऽऽ...!'' इतनी ज़ोर से कि पूरा मुँह फट गया। दाँत एक ख़ास मुद्रा में दिखाई दिए। चेहरा बिगड़ गया। शरीर थर-थर काँपते हुए ऐंठ गया और लकड़ी की तरह जड़ होकर पसर गया। यह देखकर बाबूलाल चिल्लाया था, ''बापू!'' और बाप को उठाने के लिए लपका था, लेकिन बाप की तब तक साँसें थम चुकी थीं।

और भरी मंडी में बाप को मरा हुआ देखकर बाबूलाल की आँखों

से आँसू की एक बूँद भी न गिरी, आँखों की कोरें तक गीली न हुईं; क्योंकि उस समय उसके सामने बाप का वर्तमान नहीं; बल्कि अतीत था जो उसे अपना भविष्य नज़र आने लगा था!

लिख लेने के बाद जगदीप जी को राहत महसूस हुई थी।

उत्तरकथा का मूलपाठ

शहर आने के बाद जगदीप जी दिवाकर के पीछे-पीछे थे। वह जो चाहता, वे वही करते। उसकी हर इच्छा पूरी करने के लिए हमेशा तत्पर रहते। ट्यूशन, किताबें, कपड़े, जूते, पैसे— जब जिस चीज़ की ज़रूरत हो, तुरन्त पूरी करते।

दिवाकर ने हायरसेकेंडरी बोर्ड परीक्षा भी अव्वल रहकर ही पास की— डिस्टिंक्शन नम्बरों के साथ।

उसके बाद एक दिन उसने उनसे कहा, ''पापा, मैं पी.एम.टी. देना चाहता हूँ।''

''ठीक है!'' उन्होंने उसकी ओर देखा था।

''उसके लिए इस साल कोचिंग ज्वाइन करना पड़ेगी।''

''कोचिंग?''

''हाँ...''

''ठीक है...''

''कोचिंग की फ़ीस चार हज़ार रुपये पर सब्जेक्ट है...'' उसने आगे कहा था।

''चार हज़ार रुपये पर सब्जेक्ट!... तो इतने पैसों की तो व्यवस्था...'' कहते हुए वे हकलाये थे, फिर बोले, ''इतने पैसों की तो व्यवस्था करनी पड़ेगी...''

दिवाकर ने उनकी ऊहापोह को भाँपते हुए कहा था, ''पापा, मुझे हर हाल में मेडिकल में ही जाना है।''

''ठीक है...'' जैसे उनके मुँह से अपने-आप निकल गया था। पर वास्तव में वे उस समय एक अँधेरे सोच में डूबे थे।

बहुत देर में उनके भीतर रोशनी की किरण कौंधी थी... अपना तीन

बीघा का खेत निकाल देंगे वे।

और वही करके उन्होंने दिवाकर की कोचिंग की फीस जमा कराई थी। उसके बाद वह फिजिक्स, कैमिस्ट्री, जूलॉजी, बॉटनी— चारों विषयों की कोचिंग लेने जाने लगा था।

कोचिंग के अलावा, घर पर भी वह पढ़ाई के लिए रात-दिन एक कर रहा था— यह देखकर उन्हें अच्छा लगता था।

और फिर देखते-देखते वह घड़ी आ गयी जिसके लिए उसने इतनी मेहनत की थी। सबसे पहले ऑल इंडिया पी.एम.टी., उसके बाद एम्स का टेस्ट और आख़िर में स्टेट पी.एम.टी उसने दिए थे। उसके बाद इन्तज़ार था इन टेस्टों के रिज़ल्ट का। सबसे पहले रिज़ल्ट आया ऑल इंडिया पी.एम.टी. का, जिसमें उसकी ऑल इंडिया रेंक अंडर ट्वेंटीफाइव थी। जगदीप जी की ख़ुशी का उस दिन ओर-छोर न था। अगले दिन शहर की प्रतिभा के रूप में दिवाकर अख़बार के पन्नों पर था। घर में ख़ुशियों का अम्बार लग गया था। घर का बेटा डॉक्टर बनने की राह पर चल पड़ा था। कुछ दिनों बाद स्टेट पी.एम.टी. में भी उसका चयन हो गया था। पर उसने ऑल इंडिया पी.एम.टी से दिल्ली के मेडिकल कॉलेज में एडमीशन लेने का निश्चय किया था। उसकी ऑल इंडिया रेंक पच्चीस के भीतर होने से दिल्ली का कोई भी प्रेस्टीजियस कॉलेज उसे मिलना निश्चित था।

काउंसलिंग के समय उसके साथ जगदीप जी भी दिल्ली गये थे। यह उनका पहली बार दिल्ली-दर्शन था। दिल्ली सड़कों पर दौड़ रही थी; दिल्ली अनेक मंजिली इमारतों में बैठी आसमान से बातें कर रही थी। और जगदीप जी उस भागती-दौड़ती, चमकती-बिछलती, आसमान से बातें करती दिल्ली को देखकर लगभग परेशान थे कि ऐसे और इतने बड़े शहर में दिवाकर अकेला कैसे रह पाएगा। अभी महज उन्नीस साल की उम्र, और ऐसी दिल्ली।

बहरहाल, काउंसलिंग हुई और उसे दिल्ली के मौलाना आज़ाद मेडिकल कॉलेज में सीट मिल गयी थी; फ़ीस जमा करने और एडमीशन लेने की तारीख बता दी गयी थी। उसके बाद वे लौटे और उसके वहाँ रहने के सामान और एडमीशन-फ़ीस वगैरह के इन्तजाम में लग गये थे।

एडमीशन के लिए तय तारीख़ से एक दिन पहले दिवाकर को दिल्ली जाना था। उस दिन वे, यह सोचकर कि सारी व्यवस्था ख़ुद कराके आएँगे, फिर उसके साथ दिल्ली गये थे। ट्रेन ने सुबह नयी दिल्ली रेलवे-स्टेशन पर उतार दिया था। वहाँ के रिटायरिंग-रूम में नहा-धोकर तैयार हुए। उसके बाद कॉलेज की ओर चले। कॉलेज पहुँचकर एडमीशन की फार्मेलिटीज़ पूरी करवायीं, फीस जमा करवाई। हॉस्टल में कमरे के लिए वार्डन से मिले। कमरा मिल गया। पर कमरे पर पहुँचकर पता लगा था कि रैगिंग चल रही है। शाम को ख़ासकर रात में रैगिंग होती है, तो वे दिवाकर के लिए चिन्तित हो उठे। अगले दिन उन्हें लौटना था, दिवाकर की चिन्ता के कारण, उसे वहाँ अकेला छोड़ आने को वे अपने-आप को तैयार नहीं कर पा रहे थे। पर बहरहाल उन्हें लौटना तो था ही, सो लौट आये थे।

जिस दिन वे दिवाकर को दिल्ली में छोड़कर लौटे थे, उस दिन की अपनी हालत को वे ख़ुद ही जानते हैं। अपने उस बेटे को, जो गाँव के संस्कारों में पल कर बड़ा हुआ था, दिल्ली जैसे महाशहर में अकेला छोड़ना उनके भीतर न जाने कितनी आशंकाओं को पैदा कर रहा था। पर इसके साथ एक यही बात उन्हें तसल्ली पहुँचा रही थी कि उनका बेटा कहाँ (गाँव) से कहाँ (दिल्ली) पहुँच गया है।

दिल्ली से लौटकर घर आ गये थे जगदीप जी। पर घर में दिवाकर की अनुपस्थिति उन्हें सालती रहती थी— घर का एक कोना सूना-सा लगता था उन्हें। लौटते वक़्त वे दिवाकर को हिदायत दे कर आये थे कि वह लगातार और जल्दी-जल्दी उन्हें पत्र लिखा करे और पहला पत्र एक-दो दिन में ही लिख भेजे। इसलिए दो दिन निकलते ही वे उसके पत्र का इन्तज़ार करने लगे थे। उन दिनों मोबाइल फोन का चलन आम नहीं हुआ था— उसे पैसे वालों की चीज़ समझा जाता था। निचले-बीच के आदमी के लिए तो एस.टी.डी. कॉल करना भी लगभग अय्याशी करने जैसा था। पत्र लिखने का ख़ूब चलन था। इसलिए वे उसे कम-से-कम हर हफ़्ते एक पोस्टकार्ड लिखने की सलाह देकर आये

थे। और हफ़्ते भर के भीतर ही उन्हें दिवाकर का पोस्टकार्ड मिला था। दिवाकर ने लिखा था—

नयी दिल्ली
25.8.1998

आदरणीय पापा,

सादर चरण स्पर्श!

मैं यहाँ ठीक हूँ। क्लासेज़ लगने लगी हैं। मुझे जो कमरा मिला है उसमें मेरा रूम-मेट हरियाणा का है। वह मेरा दोस्त बन गया है। रैगिंग ज़्यादा नहीं है। आप कोई चिन्ता न करें।

आपका पुत्र
दिवाकर वर्मा

और उसके बाद, इसी तरह का छोटा-सा महज़ राज़ी-ख़ुशी का पोस्टकार्ड वह सप्ताह में एक ज़रूर लिख कर भेज देता था।

जगदीप जी जवाब में उसे लम्बा पत्र लिखते थे— बड़े काग़ज़ पर। और लिफ़ाफ़े में रखकर भेजते थे।

दिवाकर के 15.11.98 के पोस्टकार्ड के जवाब में, उन्होंने 20.11.1998 को लिखा था—

प्रिय दिवाकर,

ख़ुश रहो।

तुम्हारा पोस्टकार्ड मिला है। वहाँ रैगिंग ज़्यादा नहीं हो रही है, यह जानकर मेरी चिन्ता कम हुई है। तुमने बिजली के बिल (Paid Bill) की फोटो कॉपी भेजने को लिखा है, वह इस पत्र के साथ संलग्न है। सिंगल रूम के लिए अप्लाई करते वक़्त यह ध्यान रखना कि कमरा खुले-खुले माहौल का व सुविधाजनक हो।

मुझे चिन्ता हो रही थी दिल्ली में यदि तेज़ सर्दी पड़ने लग गयी होगी तो तुम उसका सामना कैसे कर पा रहे होगे जबकि तुम्हारे पास एक साधारण कम्बल भर है। मैंने तुमसे कहा यह था कि कम्बल के साथ 'खादी भंडार' वाली गर्म लोई भी लेते जाना। मगर वह लोई तो यहीं है।

पर तुमने लिखा है कि वहाँ अभी मध्यम मौसम है— यह राहत की बात है। तुम जब दिसम्बर में आओगे तब तुम्हारे लिए एक अच्छी-सी रजाई की व्यवस्था करूँगा। संग ही सम्भव हुआ तो एक बिस्तरबन्द की भी। मगर इस बीच यदि दिल्ली में तेज़ सर्दी पड़ने लग जाए, तो तुम किसी 'खादी भंडार' की दुकान पर जाकर एक अच्छी-सी लोई ख़रीद लेना। कम्बल के साथ उसे मिलाकर कैसी भी सर्दी का मुकाबला किया जा सकता है। बाद में रजाई का प्रबन्ध हो ही जाएगा।

तुमने अपनी पढ़ाई और व्यस्त दिनचर्या के बारे में लिखा है। मुझे यह जानकर ख़ुशी है कि तुम एक अच्छे शिक्षण संस्थान में पढ़ाई कर रहे हो। थोड़ी-सी परेशानी ज़रूर महसूस करते होगे; क्योंकि घर से दूर होने के कारण ऐसा सम्भव है। पर ये परेशानियाँ और तकलीफ़ें ही आदमी के भविष्य का एक बेहतरीन नक़्शा तैयार करती हैं। इसलिए इन छोटी-मोटी परेशानियों से क़तई घबराना नहीं है तुम्हें। किसी और तरह की तुम्हारी कोई व्यक्तिगत परेशानी हो तो मुझे बताने में बिल्कुल मत हिचकना। कहीं यह सोचकर कि दिल्ली में अध्ययन का चुनाव तुम्हारा था (और मैं उसमें शामिल नहीं था) तुम चुपचाप अपनी परेशानियों और दिक्कतों को मुझसे छिपाते रहो। बेशक मेरा अपना एक अलग सोच है, हर चीज़ को देखने-समझने का एक अलग नज़रिया है— और इसी नज़रिये के तहत मैंने उस समय तुम्हें अपने निर्णय पर पुनर्विचार के लिए कहा था। लेकिन इसका यह अर्थ बिल्कुल भी नहीं है कि मैं तुम्हारे निर्णय से असन्तुष्ट हूँ। मैं पूरी तरह से तुम्हारे निर्णय के साथ हूँ। बल्कि मुझे तो इस बात का फख्र होता है कि तुमने अपनी पढ़ाई और मेहनत के बल पर देश की एक श्रेष्ठ शिक्षण-संस्था में प्रवेश की पात्रता अर्जित कर प्रवेश लिया है। तुम हमेशा यह मानकर चलना कि तुम्हारी ख़ुशी में ही मेरी ख़ुशी है।

कमरे में ट्यूब-बत्ती की कमी और ज़रूरत तुम्हें महसूस होती होगी। ट्यूब ख़रीद कर लगवा लेना। मगर इलेक्ट्रीशियन से ही। ख़ुद लगाने का प्रयास मत करना; क्योंकि वहाँ के विद्युत सरकिट की तुम्हें जानकारी नहीं होगी।

खाने-पीने के बारे में बिल्कुल लापरवाही मत बरतना। इस बाबत

किसी तरह का लोभ करने की ज़रूरत नहीं है। मौसमी फल (जो भी उपलब्ध हो सके) ले लिया करो। खाने-पीने पर इन अतिरिक्त ख़र्चों की बिल्कुल चिन्ता मत करना। इन्हें मैं वहन कर लूँगा।

पैसे तो तुम्हारे पास अभी होंगे। यदि किसी कारणवश आवश्यकता हो तो लिखना। और हाँ, अपने-आप को अकेला बिल्कुल महसूस न करना। जब भी तुम्हें मेरी ज़रूरत होगी, तुम्हारा टेलीग्राम पाते ही मैं तुम्हारे पास पहुँच जाऊँगा।

अपने स्वास्थ्य का ख़्याल रखना। पहनने के गर्म कपड़े तुम्हारे पास हैं— उन्हें पहनने में कोताही नहीं बरतना।

यहाँ सब ठीक-ठाक हैं— ख़ुशहाल हैं। सारे काम अपनी रूटीन के अनुसार चल रहे हैं।

पत्र लगातार लिखते रहना। हफ़्ते में एक पोस्टकार्ड तो निश्चित ही। मेरे जवाबी पत्र तुम्हें न मिलें, तब भी। क्योंकि हम लोगों की चिन्ता तुम्हें करने की ज़रूरत नहीं है; पर घर से बाहर होने के कारण तुम्हारी चिन्ता तो मुझे रहती ही है; और उससे मुक्त होने का माध्यम तुम्हारे लगातार आने वाले पत्र ही हो सकते हैं।

इस पत्र के मिलते ही मुझे पत्र लिखना।

तुम्हारी निरन्तर ख़ुशी और तरक्की की कामना के साथ,

तुम्हारा पापा

इस तरह से पत्रों का सिलसिला चल रहा था और बीच-बीच में दिवाकर का आना-जाना भी। पैसा ख़त्म होने पर वह अकसर चला आता था। कभी मनीऑर्डर से मँगवा लेता था। अलबत्ता कभी हाथ तंग होने के बावजूद वे उसे पैसों के लिए मना नहीं करते थे। तब उन्हें यही लगता था कि यह पिता का एक ज़रूरी कर्तव्य है, जिसे पूरा करना ही चाहिए। दिवाकर जब भी दिल्ली से घर आता था, तब घर में उसकी आवभगत किसी मेहमान की तरह होती थी। खाने के लिए नयी सब्ज़ियाँ, खीर, हलवा और पूरियाँ उसके लिए जगदीप जी की हिदायत पर बनाए जाते थे। वे सोचते थे कि मैस में पता नहीं कैसा खाना मिलता होगा।

इस बीच एक बार फिर जगदीप जी भी दिवाकर के साथ जाकर दिल्ली हो आये थे। यह दिल्ली जाना पहले के (दिवाकर के एडमीशन के वक़्त के) दिल्ली जाने से बिल्कुल अलग जैसा था। उस वक़्त एडमीशन की चिन्ता और हबड़-दबड़ में उन्होंने जैसे दिल्ली को देखा ही नहीं था। पर इस बार वे फ़ुरसत में दिल्ली गये थे। साथ में शुभंकर को भी ले गये थे। वह कक्षा आठ की सम्भागीय बोर्ड की परीक्षा देकर निबट चुका था और उसकी गर्मी की छुट्टियाँ चल रही थीं।

ताज एक्सप्रेस ने रात साढ़े दस बजे हज़रत निजामुद्दीन स्टेशन पर पहुँचा दिया था। दिवाकर ने वहाँ से कॉलेज-हॉस्टल जाने के लिए बस देखी थी। लेकिन उस वक़्त कोई बस नहीं मिली थी। इसलिए ऑटो-रिक्शा ही लेना पड़ा था। ऑटोवाला 80 रुपये माँग रहा था और दिवाकर 50 रुपया कह रहा था। आख़िर 60 रुपये पर तय हुआ था और हॉस्टल की ओर चले थे। स्टेशन और हॉस्टल के बीच जो दिल्ली दिखाई दी थी, वह रात और रोशनियाँ ओढ़े हुए थी। हॉस्टल का कमरा जगदीप जी को पसन्द आया था। सेकेंड फ्लोर पर था। बड़ा, ट्यूब-बत्ती से रोशन, हल्के गुलाबी रंग से पुती ऊँची दीवारों वाला, सफ़ेद रंग से पुती छत से लटके-घूमते पंखेवाला! खाने के लिए उस वक़्त कैंटीन में जो भी कुछ उपलब्ध था, वही ले आया था दिवाकर— समोसे और ब्रेड-स्लाइस। घर से कुछ मीठा बनवा कर ले गये थे वे। तीनों ने समोसे, ब्रेड और घर का मीठा खाया और वाटर कूलर से बोतल में भरकर लाया गया पानी पी लिया था। जगदीप जी और शुभंकर के लिए कमरे में बिछे बेड पर सोने की व्यवस्था हो गयी। दिवाकर ने कहा, "मैं किसी और के कमरे में जा कर सो जाता हूँ।"

"किसके कमरे में?... कहाँ?" जगदीप जी ने पूछा था।

"यहीं है... बग़ल में ही।"

"ठीक है... जाओ सो जाओ।"

सवेरे नहा-धो तैयार होकर, कैंटीन में नाश्ता लिया था, चाय पी थी, और दिल्ली घूमने निकल पड़े थे। कॉलेज-कैम्पस के गेट से बाहर सड़क पार करते ही 'ख़ूनी दरवाज़ा' था। जगदीप जी ने रुक कर उस इमारत पर चिपके पत्थर पर लिखी इबारत को पढ़ा था। फिर आगे बढ़े थे। आगे

दिल्ली खुली-खुली और चौड़ी सड़कों वाली थी। सड़कों पर चल रही बसें दौड़ती थीं, रुकती नहीं थी; 'स्टॉप' पर भी दौड़ती हुई ही रुकती थीं। उसी स्थिति में चढ़ पाओ तो चढ़ जाओ, नहीं तो खड़े देखते रह जाओ। मशक्कत से बस में चढ़े— 'राजघाट'— राष्ट्रपिता महात्मा गाँधी की समाधि देखने के लिए।

और फिर उस दिन दिल्ली का वह सब देखा था, जिसके लिए दिल्ली जानी जाती है। लाल क़िले से लेकर कुतुबमीनार तक; चार लेन सड़कों से लेकर आकाशचुम्बी इमारतों तक; ऐश्वर्य से सजीधजी अभिजात्य कॉलोनियों से लेकर गन्दगी से बजबजाती झुग्गी बस्तियों तक। उस दिन जगदीप को मुग़ालता हुआ था कि उन्होंने दिल्ली को देख लिया है। दरअसल वह तो चेहरा था दिल्ली का। चेहरे के पीछे की दिल्ली तो उन्होंने देखी ही नहीं थी। और उसे देख पाना क्या इतना आसान है कि उसमें एक ही दिन लगे। जगदीप जी को अब लगता है कि दशाब्दियाँ क्या शताब्दियाँ लग जाएँ तब भी चेहरे के पीछे की दिल्ली को देख पाना सम्भव नहीं हो पाएगा।

बहरहाल, ऐसी दिल्ली से, चार साल तक दिवाकर के आने-जाने, एवं 'आदरणीय पापा, सादर चरणस्पर्श' से शुरू व 'आपका पुत्र दिवाकर' पर ख़त्म तथा संक्षिप्त मजमून वाले उसके पोस्टकार्डों के आने का सिलसिला देरसवेर चलता रहा था। पर एम.बी.बी.एस. की आख़िरी साल में वह सिलसिला रुक गया था। उस साल न वह ख़ुद एक भी बार घर आया था, न ही उसका कोई पोस्टकार्ड। जगदीप जी सोचते थे कि पढ़ाई के बोझ व व्यस्तता के कारण फुरसत नहीं मिल पाती होगी। यह उसकी इंटर्नशिप का साल था, जिसमें शासन के नियमानुसार स्टूडेंट्स को हर माह एक निश्चित रकम भत्ते के तौर पर मिलने लगती है।

जगदीप जी को दिवाकर से चिट्ठी-पत्री का सम्पर्क टूट जाना अखरता रहता था। वह एक गहरे धुँधलके का दौर था। न पूरा अँधेरा, न पूरा उजाला। ऐसा धुँधलका, जिसमें कुछ दीखता था और बहुत कुछ अनदीखा भी रह जाता था। कुल मिलाकर यह कि उसमें समय की परछाईं आकार न ले पाती थी।

उस धुँधलके के बीच जगदीप जी एक उधेड़बुन में लगे रहते थे। वे ख़ुद को समझाते कि उसे अब हर महीने इंटर्नशिप का भत्ता मिलता है, इसलिए वह अब किसी पर निर्भर नहीं है; और फिर मेडिकल की पढ़ाई की व्यस्तता। नहीं निकाल पाता होगा समय...।

और इसी तरह धीरे-धीरे पूरा साल होने को आया था कि साल के आख़िर में एक दिन उसकी चिट्ठी मिली थी— लिफ़ाफ़े में बन्द चिट्ठी। इसके पहले उसकी कोई भी चिट्ठी लिफ़ाफ़े में कभी नहीं आयी थी। हमेशा पोस्टकार्ड ही आता था। पर यह चिकने काग़ज़ का लिफ़ाफ़ा था। लगभग एक साल में आयी उस चिट्ठी को पाकर जगदीप जी प्रसन्न थे। और उन्होंने अपनी इसी प्रसन्नता के अतिरेक के साथ लिफ़ाफ़ा खोला था तो उसके भीतर हल्के आसमानी रंग के काग़ज़ पर दिवाकर की लिखावट थी—

न्यू डेल्ही (अँग्रेज़ी में लिखा गया था)
(तारीख़ लिखी गयी थी)

आदरणीय पापा,

(सादर चरण-स्पर्श नहीं लिखा गया था जैसाकि पहले आने वाले हर पोस्टकार्ड पर लिखा आता था)

इस बीच एक लम्बे अरसे से आपसे पत्राचार नहीं हो सका— इसके लिए आशा है क्षमा करेंगे।

आज मैं आपसे बहुत सारी बातें करना चाहता हूँ, जिन्हें किसी कारणवश मैं अब तक आपसे नहीं कर सका हूँ। पर अब यह सब बता देना मेरी मजबूरी है।

पापा, यहाँ मैंने जिस तरह रहकर पढ़ाई की है, वह मुझे इन्फीरियरिटी फीलिंग देता रहा है। यहाँ पढ़ने वाले लड़के अपनी कारों से आते रहे हैं। होस्टल में रहने वाले अपनी गाड़ियाँ रखते रहे हैं। किसी के पास मारुति है, किसी के पास इंडिका, किसी के पास मटीज़। और मेरी हालत यह कि मेरे पास एक अदना स्कूटर या बाइक भी नहीं रही। कई लड़के अपने-अपने कमरों में फोन लगवाये हुए हैं, कुछों के पास मोबाइल है... लड़के हज़ार-हज़ार की जींस और इम्पोर्टेड शर्ट्स पहनते हैं।... पर मैं अपने लिए क्या कर सकता था। मैं जानता था कि हमारी वैसी

हैसियत नहीं है। पर लोगों को इससे कभी मतलब नहीं रहता। वे तो ऊपर देखते हैं, भीतर नहीं।...

आप जानते हैं कि आज चमक-दमक का ज़माना है। आई.टी का युग है यह... वी आर लिविंग इन अ ग्लोबल विलेज टुडे। दुनिया बहुत छोटी हो गयी है आज। पैसा पानी की तरह बहाया जाता है आज। और तभी यह दुनिया इज़्ज़त देती है। यदि आपके पास पैसा नहीं है, तो आप किसी काम के नहीं।... मैंने एक दिन अपने फ्रेंड के साथ यहाँ के होटल इंटरकांटीनेंटल में लंच किया था उसके पापा आये हुए थे। वे एक बहुत बड़े सरकारी अधिकारी हैं। उन्हीं के साथ मेरा फ्रेंड मुझे ले गया था। मैं वहाँ का नज़ारा देखकर दंग रह गया था— क्या होटल भी ऐसा भव्य हो सकता है! फाइव स्टार होटल की भव्यता क्या होती है, मैंने उस दिन देखी। और पापा, सच बताऊँ तो मेरे जींस-शर्ट वहाँ पहुँच कर और फीके हो गये थे।... मैं एक बार फिर इंफीरियरिटी फीलिंग से भर उठा था।...

और यदि मैं आपको सच बताऊँ तो मुझे अपना घर और लिविंग स्टैंडर्ड कभी भी अच्छा नहीं लगा। मुझे हमेशा लगता रहा है कि हम, जैसे ग़रीबीरेखा के नीचे वाले लोग हैं। कुछ भी तो नहीं है हमारे पास।... मेरे पास तो मेरी अपनी क्षमताओं और योग्यताओं के अलावा कुछ भी नहीं है। पर कौन देखता है योग्यताओं को, क्षमताओं को यदि आपके चेहरे पर चमक नहीं है; यदि आपके इर्द-गिर्द पैसे का चमत्कार बिखरा हुआ नहीं दिखता है।

मेरा एम.बी.बी.एस. कम्प्लीट हो गया है। अब मैं एक डॉक्टर बन गया हूँ। पर यही मेरी मंज़िल नहीं है। मैं अब पी.जी. के लिए ट्राई करूँगा। मैं अब कुछ करके दिखाना चाहता हूँ। मैं आपकी जैसी ज़िन्दगी तो नहीं जी सकता— लगभग नीरस, निर्धन और निष्फल ज़िन्दगी। आप शायद उस ज़िन्दगी की कल्पना भी नहीं कर सकते, जिसको मैं साकार करना चाहता हूँ।

सादर

आपका पुत्र
दिवाकर वर्मा

पत्र को हाथों में पकड़े हुए जगदीप जी हक्के-बक्के थे। उनकी आँखों के सामने का धुँधलका, उस वक़्त और सघन हो उठा था, जिसके बीच पत्र में लिखे अँग्रेज़ी शब्द चक्कर काट रहे थे— 'इंफीरियरिटी फीलिंग', 'मारुति', 'मटीज़', 'इंडिका', 'बाइक', 'आई टी', 'मोबाइल', 'ग्लोबल', 'इंटरकांटीनेंटल', 'लिविंग स्टैंडर्ड'...। उनका माथा चकराने लगा था।

उन्होंने उसी हालत में एक बार फिर नये सिरे से पत्र को पढ़ा। उनकी आँखों में इस बार पत्र की शुरुआत के ही शब्द चुभे— 'न्यू डेल्ही'। और अचानक उन्हें लगा कि न्यू डेल्ही कोई शहर नहीं, बल्कि एक कारख़ाना है, जिसमें इनसानों की सीरत बदली जाती है। आगे के शब्दों पर वे फिर ठहर गये— 'आदरणीय पापा!' जिनके आगे 'सादर चरण-स्पर्श' नहीं लिखा था। और वे अपने-आप से पूछ रहे थे— किस बात के आदरणीय? किस काम के लिए आदरणीय?... सिर्फ़ एक औपचारिकता निभाने के लिए ही ना?... वे फिर आगे बढ़े और दुबारा पूरे पत्र को पढ़ते हुए उसके अन्तिम वाक्य पर जा ठहरे। अब उनके भीतर जैसे कुछ टूट रहा था।... पर उन्होंने अपने-आप को सँभाल लिया था।

यह पहली बार था कि जगदीप जी को दिवाकर के पत्र का जवाब लिखने की हौंस न थी। अलबत्ता उन्हें यह ज़रूरी लग रहा था कि पत्र का जवाब ज़रूर लिखें। पर फिलहाल उनकी समझ में नहीं आ रहा था कि वे क्या लिखें। वे दो दिनों तक इसी सोच-विचार और ऊहापोह में बने रहे थे।

और अन्ततः उन्होंने दिवाकर को लिखा—

प्रिय दिवाकर,

तुम्हारा पत्र मिला है। पढ़ लिया। कुछ अच्छा लगा, कुछ अच्छा नहीं लगा। हमारी जो आर्थिक स्थिति है उसके हिसाब से मैं तुम्हारे लिए जो कुछ कर सकता था वह मैंने किया है। फिर भी कुछ कमियाँ तो रहीं ही। तुमने लिखा है कि 'कौन देखता है योग्यताओं को, क्षमताओं को, यदि आपके चेहरे पर चमक नहीं है, यदि आपके इर्द-गिर्द पैसे का चमत्कार बिखरा हुआ नहीं दिखता है।' सही लिखा है तुमने। पर उसमें इतना जोड़

लो कि इनसान के बड़े होने या छोटे होने को नापने का कोई पैमाना नहीं हो सकता।... बहुत सम्भव है कि किसी 'बड़े' कहे जाने वाले आदमी के भीतर एक बहुत छोटा आदमी बैठा हो; और 'छोटे' कहे जाने वाले व्यक्ति के भीतर बहुत बड़ा आदमी। तब पैसे के चमत्कार के कोई मायने नहीं रह जाते।... यदि 'बड़े', 'छोटे' होने का कोई आधा-अधूरा पैमाना है भी तो इस तहकीकात में कि उस आदमी के सोच-विचार में 'मनुष्यता' का दर्जा कहाँ है? और कहीं है भी कि नहीं? चेहरे पर कितनी भी चमक लाता हो पैसा, पर वह मनुष्य से बड़ा कभी नहीं हो सकता।... ठीक है, पैसा भी कुछ है इस दुनिया में, पर इसका अर्थ यह नहीं कि पैसा ही सब कुछ है या पैसा ही माई-बाप है।

इच्छाएँ तो मुँह फाड़ती हैं— उस साँप की तरह, जिसके मुँह में उसके आकार से दोगुना, चौगुना, कई गुना आहार आसानी से समा जाता है। पर मनुष्य को उन सर्पमुखी इच्छाओं के ज़हरीले दाँत उखाड़ फेंकने होते हैं।

हमारे अपने इस देश में अधिसंख्य ऐसे लोग रहते हैं जिन्हें छोटी-छोटी समस्याओं— यहाँ तक कि अपनी दो समय की भूख के समाधान के लिए बड़ी-बड़ी तकलीफों का सामना करना पड़ता है, बड़े-बड़े पापड़ बेलने होते हैं। मैं समझता हूँ कि ऐसे लोगों की तकलीफों और मुसीबतों को जो व्यक्ति ज़रा-सा भी कम कर पाता है, वह बिना चमक के चेहरे के बावजूद 'बड़ा' आदमी होता है।

मुझे उम्मीद है कि तुम इस तरह से भी सोचने की कोशिश करोगे।

हमेशा तुम्हारी प्रसन्नता की कामना के साथ,

तुम्हारा पापा

लिख लेने के बाद जगदीप जी ने पत्र को एक बार फिर पढ़ा, लिफ़ाफ़े में रखा और वे उसे लेटरबॉक्स में डालने के लिए पोस्ट-ऑफिस की ओर चल दिए थे।

दिवाकर को पत्र भेजने के दो दिन बाद जगदीप जी उसके जवाबी पत्र का इन्तज़ार करने लगे थे। पर दिवाकर का पत्र उन्हें मिला पूरे दो

महीने बाद। वह भी उनके पत्र का जवाब न होकर, यह सूचना लिए हुए था कि प्रवेश-परीक्षा के परिणाम के अनुसार उसका पी.जी. के लिए चयन हो गया है। जगदीप जी के लिए यह सूचना भी ख़ुशी की थी। उन्हें इस बात की जानकारी थी कि पी.जी. स्टूडेंट्स को पूरी अवधि भर एक निश्चित रकम हर महीने मिलती है। इसी पत्र में उसने यह सूचना दी थी कि अगले महीने वह मोबाइल फोन ले लेगा और साथ में यह भी लिखा था कि 'आप भी मोबाइल फोन ले लें जिससे कि पत्र लिखने में समय बर्बाद करने की बजाय कभी भी और कहीं भी सम्पर्क की सुविधा हो सके।'

और वह अगला महीना भी आ गया जिसमें दिवाकर ने मोबाइल फोन ले लिया था और उसी से उसने जगदीप जी से बात की थी। तरीका यह रहा कि पासवाले एसटीडी-बूथ वाले को उसने जगदीप जी को बुलाने और बात करवाने के लिए कह दिया था। घंटी बजते ही जगदीप जी ने रिसीवर कान से लगाया और 'हलो' कहा, तो उस पर दिवाकर की आवाज़ थी, "अपने ही मोबाइल से बात कर रहा हूँ, साढ़े चार हज़ार का आया है... अब आप भी मोबाइल ले लो, जिससे बूथ पर जाना बन्द हो।... और हाँ, मेरी 'सेलरी' अभी बीस हज़ार और समथिंग है।... आप किसी तरह आज ही मोबाइल ख़रीद लो..."

जगदीप ने कहा था, "हाँ, ले लेंगे..." पर उन्हें सचमुच ख़ुशी इस बात की थी दिवाकर को महीने के बीस हज़ार मिलते हैं। बीस हज़ार कोई छोटी रकम नहीं होती। वे ख़ुशी से फूले न समा रहे थे।

दो दिन बाद जगदीप ने मोबाइल ले ही लिया। तीन हज़ार का आया था। उस दिन उन्होंने घर के भीतर से ही दिवाकर से बात की थी।

जगदीप जी उस दिन 'उत्तर आधुनिक' पढ़ रहे थे। अभी कुछ देर पहले ही वे पुस्तक-मेले से लौटे थे। फूलबाग़ मैदान में राष्ट्रीय-पुस्तक मेले को लगे चार दिन हो गये थे। पढ़ने-लिखने के अपने शौक से मज़बूर वे आज पुस्तक-मेले गये थे। उत्सुकता थी कि कौन-कौन-सी किताबें आयी हैं मेले में। देर तक घूमते रहे थे वे स्टाल-दर-स्टाल। तभी एक

स्टाल पर उनकी निगाह एक किताब पर गयी थी— 'उत्तर आधुनिक'। किताब का नाम था 'उत्तर आधुनिक'। उन्होंने किताब उठायी और खोलकर देखी। अगले पन्ने पर लिखा था— 'उत्तर आधुनिक' और उसके नीचे— 'उत्तर आधुनिक समय से वाबस्ता चन्द कहानियों का संग्रह'। जगदीप जी ने पन्ना पलटकर किताब का मूल्य देखा और दुकानदार से पूछा, "कितने की है... ?"

दुकानदार ने कीमत बतायी और जगदीप जी ने तत्काल किताब ख़रीद ली थी। एक अरसे से दो शब्द अपनी विदेशी और देसी पोशाक के साथ उनके सामने आते रहे थे— 'पोस्टमॉडर्निज़्म' यानी 'उत्तर आधुनिकता' और 'ग्लोबलविलेज़' यानी 'विश्वग्राम'। उनके सामने समस्या शब्दों और उनके अर्थों की नहीं, बल्कि आशय की थी; उन शब्दों से मुराद क्या है, समझने की थी। शब्द सामने हों, और उनके आशय स्पष्ट न हों तो कैसी विचित्र स्थिति में फँस जाता है आदमी, इसे जगदीप जी इस तरह कहते रहे हैं— "जैसे पानी के भीतर रहते हुए भी प्यास न बुझ पाए!" और ऐसी स्थिति से निजात पाने की ख़ातिर ही उन्होंने ख़रीदी थी— 'उत्तर आधुनिक', जो उत्तर आधुनिक समय से सम्बन्धित कहानियों का संग्रह थी।

जगदीप जी घर आकर अपनी कुर्सी पर बैठे 'उत्तर आधुनिक' की पहली कहानी पढ़ रहे थे।

नरभक्षी

उनके भीतर सवालों की भीड़ थी...

और बीस-इक्कीस दिनों की बेतरतीब-सी उगी दाढ़ी ने उनके चेहरे को दार्शनिकों की-सी सूरत दे रखी थी। पर उन्हें गोया इसका पता ही न हो! इन दिनों वे अपने-आप से बहुत दूर चले गये थे। हमेशा से रोज़ सवेरे समय पर शेविंग करना उनकी दिनचर्या के शुरुआती कामों का हिस्सा रहा आया था। पर उस एक 'घटना' ने सब कुछ उलट-पुलट कर रख दिया था; और तब से वे सारी दुनिया से बाख़बर मगर ख़ुद से बेख़बर होकर रह गये थे और उनके भीतर सवालों की एक गुत्थमगुत्था भीड़ थी

जो उन्हें चैन न मिलने देती थी...

उन्होंने अपनी अब तक की ज़िन्दगी को गोया तराश कर चमकदार बनाया हुआ था... यह अनुशासन का नतीजा था— जीने के अनुशासन का, जो उन्हें विरासत की तरह भी मिला था और आदत की तरह भी। लोगों का ख़्याल है कि उनके ख़ानदान को अनुशासन एक मूल्य की तरह मिला रहा आया था और यही वजह रही आयी कि वह देश के उन गिने-चुने घरानों में से एक रहा आया जो अपनी तरह के पाक-साफ़ रहे आये और जिनके साथ कोई ऐसी-वैसी बात कभी नहीं जुड़ सकी।... अपने पिता का कहा उन्हें हमेशा याद रहा आया था, ''देखो जगदीश, अनुशासन जीवन की लय है।... अगर मनुष्य की ज़िन्दगी से अनुशासन को निकाल दिया जाए तो कितनी बदसूरत हो जाएगी वह ज़िन्दगी!... दुनिया के ज़र्रे-ज़र्रे में पैवस्त अनुशासन ही उसे सुन्दर बनाता है।... नहीं तो, यदि पेड़ से उसका फल बड़ा दिखाई दे तो कैसा लगेगा? मनुष्य के शरीर में उसका प्रत्येक अंग एक निश्चित अनुपात और सामंजस्य के साथ होता है— और जहाँ यह अनुपात और सामंजस्य गड़बड़ाता है वहीं बदसूरती आ बैठती है... भेंगी आँखों वाला आदमी कैसा लगता है— देखा है?... पर अनुशासन बाहर का ही नहीं भीतर का भी होता है...!'' कहकर उन्होंने अपनी सारंगी पर निगाह डाली थी और उसके समतल चिकने हिस्से पर धीरे-से हाथ फेरा था, जैसे किसी छोटे और मासूम बच्चे को दुलार रहे हों, ''अब मेरी इस सारंगी को देखो, इसका यदि एक तार अपना अनुशासन खो बैठता है तो यह कितनी बेसुरी हो जाती है, बताने की ज़रूरत नहीं। तब इसे सुधारा जाता है, ठोक-पीट कर ठीक किया जाता है।'' कहकर उन्होंने अपनी चमकती आँखों से उन्हें, यानी अपने बेटे को इस तरह देखा था जैसे जाँच रहे हों कि उनके कहे का कुछ असर उस पर हुआ है कि नहीं।

उनके पिता मशहूर सारंगीनवाज़ थे। जब वे अपना साज़ बजाते थे तो दुनिया को भूल जाते थे। उन्होंने अपने खानदानी परम्परागत हुनर को आगे बढ़ाया था। पीढ़ी-दर-पीढ़ी चली आ रही संगीत की परम्परा का हुनर! वे गाते भी बहुत सुर के साथ थे। पर अपने बेटे के प्रति इस मायने में अत्यन्त कठोर थे कि उसे एक अच्छे इनसान के रूप में देखना चाहते

थे और इसकी ख़ातिर, उससे ज़रा-सी लापरवाही— जिसे वे अनुशासन टूटना कहते थे— होते ही, अपने सारे लाड़-प्यार को भूलकर उसे अपने हाथों थप्पड़ों से पीट डालते थे। इस मामले में वे किसी भी क़िस्म की कोई ढील बर्दाश्त नहीं कर सकते थे। और इसका परिणाम ऐसा सुखकर आया कि आगे उनका बेटा जगदीशशरण, अनुशासन की तनी हुई डोरी पर चलने में लगातार सफल रहा। वह अपने सुर-साधक पिता को इस तरह से सुखी करता हुआ, अपने-आप को उनका कृतज्ञ महसूस करता कि उन्होंने एक अच्छे पिता की भूमिका का निर्वाह करते हुए उसे एक अनुशासित, मेहनती और अच्छा इनसान बनाने में कोई कसर न छोड़ी।

और 'वह' अब 'वे' हो चुका था।

हालाँकि पिता के जीते जी ही देश की हवाएँ बहुराष्ट्रीय आँधी में बदलने लगी थीं और दुनिया एक गाँव कही जाने लगी थी, और समय को 'उत्तर आधुनिक' नाम का चमकीला परचम थामे चलता पाया जाने लगा था और मनुष्य की हैसियत एक वस्तु के बराबर रह गयी आँकी जाने लगी थी; पर उनके कलाकार का मन अपनी सारंगी के साथ होता था और उनका इस सबसे कुछ लेना-देना नहीं बन पाया था।

पर जगदीशशरण न 'पिता' थे न ही पिता-जैसे कलाकार। वे दुनियादार थे। अलबत्ता पिता के अनुशासन से गहरे जुड़े। उन्होंने अपना पैतृक और पारम्परिक, संगीत का संसार नहीं अपनाया था; बल्कि उसकी एवज़ में उन्हें समय के हिसाब से ठीक लगा था कि वे ऐसा काम करें जो आने वाली पीढ़ी को भी कुछ दे और जिसके चलते उनकी अपनी आजीविका भी आसानी से चलती रहे। उन्होंने शिक्षण का पेशा अपनाया था— छोटे-छोटे बच्चों को पढ़ाने का काम।

वे पहली से लेकर पाँचवीं कक्षा तक के बच्चों को पढ़ाते थे और नाकाफी तनख़्वाह के बावजूद ख़ुश थे कि वह कर पा रहे थे जो करना चाहते थे। अनुशासन से उन्होंने अपनी ज़िन्दगी को अपने पिता की सारंगी के तारों की तरह कस रखा था, और अपनी ज़िन्दगी के अनुशासन को वे अपने विद्यार्थियों तक पहुँचाने में कोई कोर-कसर नहीं रखते थे— गोया काग़ज़ के पन्नों पर मौजूद पाठ के हरएक वाक्य की व्याख्या पर

पूर्णविराम ज़िन्दगी और उसके अनुशासन का ही होता था।

स्कूल बेशक प्राइवेट था। और वह शहर की एक झुग्गी बस्ती में था। ज़ाहिर है उसमें पढ़ने आने वाले बच्चे निचले तबके के थे। इस स्कूल में काम करते हुए उन्हें लगभग दस साल होने जा रहे थे।

स्कूल 'जनाकांक्षा' नाम की एक समाजसेवी संस्था के द्वारा चलाया जा रहा था जिसमें पढ़ने आने वाले बच्चों से कोई फीस नहीं ली जाती थी। यह कुछ ऐसे लोगों के एकजुट हो जाने से बनी संस्था थी जिनके सपने रंगबिरंगे नहीं बल्कि धूसर, दुनियावी और उनकी अन्तरात्मा की पसन्द के थे। 'जनाकांक्षा' विद्यार्थियों से फीस न लेते हुए भी अपने साथ कुछ प्रतिबद्ध-जैसे शिक्षकों को जोड़े हुए थी जो कम से कमतर वेतन लेकर अपने मन का काम यानी शिक्षण कार्य करने के लिए राज़ी थे। मसलन, जगदीश शरण...! संस्था ने स्कूल के शिक्षकों एवं कर्मचारियों के लिए यथासमय अन्य सुविधाएँ उपलब्ध करा रखी थीं— उन्हीं में से एक थी 'बीच की छुट्टी' में उपयोग के लिए संचालित कैंटीन...।

उस समय वे 'बीच की छुट्टी' के दौरान कैंटीन में थे। उनके पास बैठे मुकुन्द माट्साब ने चाय पीने के दौरान, अपने भीतर की पतली-सी आशंका की झलमली को उनके साथ शब्दों में बाँटना चाहा और कहा, "शरण बाबू, सुनने में आ रहा है कि यह स्कूल जल्दी ही बन्द हो जाएगा।"

"क्यों?" मुकुन्द माट्साब की बात सुनकर उनके मुँह से जैसे अपने-आप निकल गया और वे मुकुन्द माट्साब के चेहरे पर ग़ौर से देखने लगे कि उन्होंने यह बात किस प्रयोजन से कही है और वहाँ कुछ गम्भीर-जैसा नज़र आ रहा है या यों ही-सा कुछ!

पर मुकुन्द माट्साब के चेहरे और आँखों में फिक्र और उदासी का पारदर्शी घोल फैला हुआ था और वे अब उनके 'क्यों?' का जवाब देने की कोशिश कर रहे थे, "सुनते हैं, कुछ लोग। इस जगह पर मल्टी स्टोरी बनाना चाहते हैं... शॉपिंग कॉम्प्लैक्स...! इस जगह को करोड़ों-अरबों के कारोबार में बदलना चाहते हैं वे।" कहकर उन्होंने अपने सामने बैठे शरण बाबू के चेहरे पर इस आशय के साथ देखा कि वे इस बारे में क्या सोचते

हैं, और अपनी बात को आगे बढ़ाया, ''आप तो जानते हैं शरण बाबू, उस लिहाज़ से इतनी जगह कितनी कीमती है।''

मुकुन्द माट्साब से यह सब सुनकर उनके भीतर एक चकरघिन्नी-सी घूमने लगी थी। उनके मुँह से फिर निकला, ''यह किसने बताया आपको?''

''अरे, दो-चार दिनों से तो बहुत उड़ रही है यह बात... अपने स्टाफ के ज़्यादातर लोग इस बारे में बात करते हैं...'' मुकुन्द माट्साब ने जवाब दिया।

सुनकर उन्होंने मुकुन्द माट्साब से कहा, ''पर 'जनाकांक्षा' वाले इसके लिये राज़ी हैं क्या?''

''देखो'', मुकुन्द माट्साब बोले, ''उस तरह तो यह ज़मीन किसी की नहीं है... सरकारी है।... और यह 'जनाकांक्षा' जैसी ग़रीबों और आमलोगों के लिए काम करने वाली समाजसेवी संस्था के नाते, सरकार ने उसे उपयोग के लिए दे रखी है... या पता नहीं कैसे क्या है!... पर इतना मुझे मालूम है कि है यह सरकारी ज़मीन ही!'' कहकर उन्होंने शरण बाबू के चेहरे पर नज़रें गड़ाते हुए कहा, ''पर ये मल्टीस्टोरी बनाने वाले कौन लोग हैं और इस सरकारी ज़मीन पर ऐसा कैसे हो सकता है, यह मेरी समझ में नहीं आता...!''

सुनकर जगदीश शरण के भीतर से अचानक उनके भीतर का दुनियादार प्रकट हुआ, ''होने को आज के समय में क्या नहीं हो सकता?... कुछ भी हो सकता है!'' पर यह कहते हुए उनके चेहरे पर निश्चिन्तता का उजास नहीं था जो कि वहाँ प्राय: रहा करता था।

और चाय ख़त्म होने के साथ ही दोनों उठ खड़े हुए थे।

उसके बाद के दिनों में कई तरह की ख़बरें उनके कानों तक आती रहीं... कभी सुनाई देता कि 'जनाकांक्षा' वालों से 'उन' लोगों का सौदा पट गया है और कुछ दिनों में स्कूल बन्द कर दिया जाएगा; और यह जगह 'उन' लोगों के लिए ख़ाली कर दी जाएगी? कभी किसी के मुँह से सुनने को मिलता कि 'उन' लोगों ने 'जनाकांक्षा' स्कूल-प्रबन्धन को धमकी दी है कि...? कभी कोई बताता कि 'जनाकांक्षा' वालों ने स्कूल बन्द कर

जगह छोड़ने से साफ़ इनकार कर दिया है कि...। इसी प्रकार की अनेकमुँहीं बातें। कभी कुछ, कभी कुछ।... और फिर कुछ दिनों में सारी बातें आयी-गयी हो गयी थीं। उस बारे में कहीं कोई चर्चा तक नहीं रह गयी थी जैसे इस तरह की कोई चर्चा कभी चली ही नहीं हो! सब कुछ सामान्य-सा हो गया था।

और फिर इस तरह की सामान्यता के साथ करीब छह महीने गुज़र गये थे।

और उसके बाद, एक दिन, वह दिन उनके रू-ब-रू आ खड़ा हुआ था... ...वह दिन यों बिल्कुल मामूली-सा था, पर जैसा कि होता है, उस मामूली-से दिन में भी कुछ ग़ैरमामूली गतिविधियाँ परिवेश में थीं— मसलन, उस दिन ब्रह्मांड-सुन्दरी-कांटेस्ट-आयोजन में शामिल होने के लिए 'भारत-सुन्दरी' ने रवानगी डाली थी... उस दिन शहर में केन्द्रीय गृहमन्त्री का आगमन हुआ था... उस दिन शेयर बाज़ार के राष्ट्रीय सूचकांक में भारी उछाल की ख़बर अख़बारों में थी... उस दिन शहर के एक सम्भ्रान्त हिस्से में एक मल्टीप्लैक्स का उद्घाटन होने जा रहा था... और उस दिन कुछ ज़्यादा ही ठंड पड़ने की आशंका मौसम विभाग ने व्यक्त की थी...

पर इस सबके बावजूद वे बेहद मुतमइन तौर पर स्कूल में चौथी कक्षा के अपने विद्यार्थियों को पढ़ाने में मशगूल थे। विद्यार्थी भी उनकी बातें ग़ौर से सुन और समझ रहे थे। और जैसा कि प्रायः होता था, पढ़ाई के उस पाठ में अनुशासन आनुषंगिक तौर पर उस दिन भी उपस्थित था। उस समय विद्यार्थियों से मुख़ातिब उनके शब्द थे, "देखो, प्रकाश सरल रेखा में यानी सीधा चलता है, इसमें एक ख़ास बात है!... वह क्या है? इसे इससे ठीक उलट उदाहरण से समझा जा सकता है— वह यह कि अँधेरा सरल रेखा में नहीं चलता है। इन दोनों में फ़र्क़ यह है कि प्रकाश अनुशासन का हामी है और अँधेरा नहीं।..." और वे अपनी बात को, अपने सामने बैठे बच्चों के बौद्धिक स्तर के मुताबिक और अधिक स्पष्ट और सरल बनाने के लिए मुँह खोल ही रहे थे कि अचानक उनकी निगाह कमरे की खिड़की पर जा अटकी, जहाँ आग की कुछ छोटी-लम्बी,

पीली-नारंगी, चलायमान जीभें लपलपा रही थीं। वे यह देखकर दंग रह गये और उनके मुँह से निकला, "अरे, आग... !"

अचानक उनके हैरतज़दा हाव-भाव देख और मुँह से 'अरे, आग...' शब्द सुनकर कक्षा भर के बच्चों का ध्यान खिड़की पर लपकती आग पर जा पहुँचा और उनके चेहरों पर भय चस्पाँ होने लगा। उन्होंने भय के कारण अपनी-अपनी तरह से प्रतिक्रिया में कुछ-न-कुछ कहा। उनके बीच हलचल मच गयी। वे आग से बचने की ख़ातिर उठने-दौड़ने-भागने और पंछियों की तरह फड़फड़ाने की-सी मुद्रा में आ गये।

यह देखकर उन्होंने बच्चों से कहा, "एऽऽऽ! सब लोग शान्ति से अपनी-अपनी जगह पर बैठ जाओ।... कुछ नहीं होगा!... मैं बाहर जाकर देखता हूँ... तुम सब इधर-उधर मत भागना।"

सुनकर आज्ञाकारी और अनुशासित बच्चे अपनी-अपनी जगह पर बैठ गये; और खिड़की पर मौजूद आग की और-और लम्बी होती जा रही भयानक जीभों की तरफ़ देखते रहे।

और बच्चों को आश्वस्त कर वे कमरे के दरवाज़े से होकर बाहर की तरफ़ दौड़े— देखें तो क्या बात है— यह आग का क्या झमेला है।

पर बाहर पहुँचते ही उनके होश फ़ाख्ता हो गये— वहाँ का नज़ारा ख़ौफ़नाक था— समूचे स्कूल-कैम्पस में आग की उद्दंड लपटों का तांडव मचा था; शिक्षकों और विद्यार्थियों की अपने बचाव के लिए मची अफरा-तफरी थी, घुटा-घुटा-सा शोर था; और आसपास से जुट आये लोगों की हल्ला मचाती भीड़ थी।

उन्हें एक क्षण को ताज्जुब हुआ कि यह शोरगुल उन्हें अपनी कक्षा में क्यों नहीं सुनाई दिया था; और, क्या वे अपने काम में इतने लीन थे कि कमरे के बाहर की दुनिया की कोई ख़बर उन तक नहीं पहुँच पा रही थी। वे अब हतवाक् और किंकर्त्तव्यविमूढ़ की-सी स्थिति में, भौंचक्के-से खड़े उस आग से ख़ुद को बचाने की चिन्ता से भी बाहर थे। आसपास से जुटी भीड़ में से कई लोग अब यथासाधन और यथासामर्थ्य आग बुझाने और बचाव के काम में लग गये हुए थे। लगभग पूरा परिवेश अनियन्त्रित शोरोगुल और हबड़-दबड़ से भर गया था। कि तभी अचानक उन्हें अपने

उन विद्यार्थियों की याद आयी, जिन्हें वे कक्षा में अपनी-अपनी जगह पर बैठने के लिए कह कर आये थे। वे तेज़ी से अपनी कक्षा की ओर दौड़े, पर कमरे के दरवाज़े को देखते ही पसीने में डूब गये— आग कमरे के दरवाज़े के किवाड़ों और दूसरे हिस्सों को अपनी गिरफ़्त में ले चुकी थी और उसके भीतर जाने का रास्ता रोके खड़ी लम्बी-लम्बी जीभें लपलपाती अट्टहास कर रही थी। अब उन्हें कुछ नही सूझ पा रहा था कि वे क्या करें क्या न करें। और कुछ ही क्षणों में वे आग से घिरे अपने पढ़ाई-कमरे की ओर मुख़ातिब ज़ोर-ज़ोर से अपने उन विद्यार्थियों को नाम ले-लेकर पुकार रहे थे जिनकी उम्र नौ-नौ, दस-दस साल थी और जिन्हें वे पिछले चार सालों से जानते थे, "अरे नरेशा!... रामनगीना!... बिन्द्रावन!... बैजन्ती!... बेबी!... शमशाद!... ज्ञानचन्द!... सोबरन!..."

वे लगातार चिल्लाते हुए नाम पुकारे जा रहे थे, पर उधर से किसी भी बच्चे का जवाब नहीं आ रहा था...

और अगले दिन के स्थानीय अख़बार में ख़बर पहले पेज से लेकर तीसरे और चौथे पेज तक पसरी हुई थी। 'अग्निकांड में 16 स्कूली बच्चों की मौत' शीर्षक से छपी ख़बर के साथ घटना-स्थल और मृत बच्चों के फोटोग्राफ और साथ में विद्यालय के संचालन से जुड़ी संस्था 'जनाकांक्षा' के पदाधिकारियों के द्वारा घटना की न्यायिक जाँच की माँग और अग्निकांड के पीछे किसी गहरी साजिश के होने की आशंका व्यक्त किए जाने सम्बन्धी वक्तव्य प्रकाशित थे...

उनके सामने अख़बार था; और उनके भीतर सब कुछ उलट-पुलट गया था— वहाँ अब सवालों की भीड़ थी— समय और चेतना के द्वन्द्व से पैदा हुए सवाल-दर-सवाल— नैतिकता, सामाजिक, अनुशासान, व्यवस्था से सम्बन्धित सवाल-ही- सवाल!... और उनकी आँखों में आ रहे थे। उन बच्चों के चेहरे जो उनकी कक्षा में पढ़ते थे और उनकी सीख के अनुसार अपने-आप को ढाल रहे थे— वे अनुशासित और आज्ञाकारी बच्चे जो झुग्गियों से आते और निहायत मासूम थे।... उनके कानों में गूँज रही थीं वे ख़बरें जो कुछ महीने पहले लगातार सुनने में आती रही थीं—

मुकुन्द माट्साब उनसे कह रहे थे, ''शरण बाबू, सुनने में आ रहा है कि यह स्कूल जल्दी ही बन्द हो जाएगा।'' ...''सुनते हैं कुछ लोग इस जगह पर मल्टी स्टोरी बनाना चाहते हैं... शॉपिंग कॉम्प्लैक्स... इस जगह को करोड़ों-अरबों के कारोबार में बदलना चाहते हैं वे!'' ...''उस लिहाज़ से इतनी जगह कितनी कीमती है।'' ...''उस तरह तो यह ज़मीन किसी की नहीं... सरकारी है... पर ये मल्टी स्टोरी बनाने वाले कौन लोग हैं और इस सरकारी ज़मीन पर ऐसा कैसे हो सकता है, यह मेरी समझ में नहीं आता...!'' बाद में किसी ने कहा था, '' 'जनाकांक्षा' वालों का 'उन' लोगों से सौदा पट गया है और कुछ दिनों में स्कूल बन्द कर दिया जाएगा... '' फिर एक दिन किसी ने कहा था, '' 'उन' लोगों ने 'जनाकांक्षा' स्कूल-प्रबन्धन को धमकी दी है कि...!''... उसके बाद कोई बता रहा था, '' 'जनाकांक्षा' वालों ने स्कूल बन्द कर जगह छोड़ने से साफ़ इनकार कर दिया है कि...!'' और उनकी आँखों में बार-बार वह आगज़दा मंजर नमूदार हो-हो जा रहा था जिसमें वे असहाय-से खड़े छोटे-छोटे बच्चों सहित स्कूल को जलता हुआ देख रहे थे... लौट-लौट कर उनकी आँखों में अपनी कक्षा के उन बच्चों के चेहरे तैर जाते थे जो अब अख़बार की सुर्ख़ी बन चुके थे।

अख़बार अब भी उनके सामने था जो उनके लिए महज़ बाहरी सूचना का एक ज़रिया था। पर उनके भीतर की सूचना उन्हें ज़्यादा परेशान किए हुए थी— उनके भीतर, उनके कलेजे में जैसे किसी ने खुरच-खुरच कर लिख दिया था— ''हम अब नरभक्षी की गिरफ़्त में आ गये हैं— उस नरभक्षी की जो अनुशासन पसन्द नहीं करता।'' और इसके साथ, उनके भीतर मौजूद सवालों की भीड़ में से कुछ सवाल उनके सामने बार-बार तनकर खड़े हो-हो जा रहे थे; जिनसे आँख मिलाने का ताव उनके पास न था।

जगदीप जी ने कहानी पढ़कर पूरी की, और वे उसके निहितार्थ को लेकर देर तक सोच में डूबे रहे। उसके बाद उन्होंने पन्ना पलटकर अगली कहानी पढ़ना शुरू कर दी—

गिरफ़्त

वे चारों, महानगर होते शहर के एक उपनगरीय इलाके के एक फटीचर-से सिनेमा-हॉल के सामने खड़े थे और उस वक़्त दोपहर बाद के तीन बजकर पाँच मिनट हुए थे। अभी-अभी उन्होंने इसी सिनेमा-हॉल के लोअर क्लास में बैठ कर एक फोर्थ ग्रेड अँग्रेज़ी फ़िल्म देखी थी। वे चारों 18 से 20 के बीच की उम्र के थे और शहर की सीमा से सटे गाँव के रहने वाले थे। उनका शहर में लगभग रोज़ाना का आना-जाना था। कुछ काम न होने पर भी— महज़ घूमने के बहाने से ही; और इसलिए भी कि वे शहर के एक सरकारी हायर सेकेंडरी स्कूल में पढ़ने के लिए दाखिला लिए थे। वे सुबह अपने गाँव से निकल कर शाम को ही लौट कर घर पहुँचते थे। उनके घरों में 'कुछ नहीं' था। यहाँ तक कि एक छोटा ब्लैक एंड व्हाइट टीवी तक नहीं। इसलिए वे शाम को गाँव में ही किसी-न-किसी के यहाँ टीवी देखने जाते थे। और कभी-कभी शहर के इसी सिनेमा-हॉल में फ़िल्म देखते थे। आज उन्होंने 'नाइट क्लब' नाम की अँग्रेज़ी फ़िल्म यह सोचकर देखी थी कि चलो यार, अँग्रेज़ी की फ़िल्म भी तो देखी जाय, कैसी होती है। बेशक वे अँग्रेज़ी नहीं समझ पाते थे। पर तस्वीरें तो समझ में आ ही जाएँगी— यही सोचकर उन्होंने फ़िल्म देखी। और उसे देखने के बाद, अब वे वहीं खड़े होकर आगे की योजना बना रहे थे...

महेन्द्र ने कहा, "अब कुछ करना है... देखो तो, हमारे पास कुछ भी नहीं है... न मोटरसाइकल, न फ्रीज़, न कूलर, न टीवी... अब तो कुछ करना ही पड़ेगा यार...!"

"पर करें क्या?" कमल ने उँगली से कान पर खुजाते हुए, महेन्द्र की तरफ़ देखा।

"यार, मुझे एक बात सूझ रही है..." रमेश ने बीच में हस्तक्षेप किया, और बाक़ी तीनों की ओर देखा।

"क्या???" टिंकू, महेन्द्र और कमल ने एक साथ कहा, और रमेश की ओर देखा।

रमेश ने एक नज़र अपने आसपास देखने के बाद, आवाज़ को धीमी

करते हुए कहा, "मैंने पिछले साल जिस घर में नौकरी की थी, उसके बग़ल वाले घर में जो लोग रहते हैं वे काफ़ी पैसे वाले हैं... सब कुछ है उनके पास!... उनका एक लड़का है— चार-पाँच साल का।... क्यों नहीं उसे उठा लें।" कहने के बाद उसने एक-एक कर महेन्द्र, टिंकू और कमल के चेहरों पर देखा, "बड़ी रक़म मिल सकती है उन लोगों से।" कहकर उसने एक बार फिर तीनों के मुँह की ओर देखा। तीनों मुँह सिये खड़े उसकी ओर चमत्कृत-से हुए देख रहे थे।

थोड़ी देर में कमल ने कहा, "पर उसे उठाएँगे कैसे?"

"हाँ, यही मैं सोच रहा था।" टिंकू ने कहा।

"वो हो जाएगा।" रमेश ने विश्वास के साथ कहा।

"कैसे?" टिंकू का चेहरा सवालिया हो गया था।

"वे लोग कितना दे सकते हैं?" बीच में ही महेन्द्र ने अपनी जिज्ञासा रख दी।

"चार-पाँच लाख तो आराम से दे सकते हैं..." रमेश ने जवाब दिया, "और ज़्यादा भी दे सकते हैं।"

"तो फिर, बताओ, कैसे क्या करना होगा?" कहकर महेन्द्र ने तीनों की ओर देखा।

"कैसे क्या?..." रमेश ने कहा, "वहाँ मेरी जान-पहचान है, इसलिए कोई मुझ पर शक़ नहीं करेगा... मेरा उस घर में आना-जाना भी रहा था... मैं किसी तरह उस लड़के को बहला-फुसला कर ले आऊँगा... आगे क्या करना है, कहाँ ले चलना है, तुम सब देख लो..."

"आगे की आगे देखी जाएगी..." महेन्द्र ने कहा, "पहले काम तो हो।"

सुनकर टिंकू और कमल ने भी सहमति में सिर हिलाये।

"तो ठीक है..." रमेश ने कहा।

उसके बाद चारों ने एक-दूसरे की नज़रों में नज़रें डालकर देखा।

उस वक़्त, जब शहर के तीन-चौथाई लोग सो चुके थे और एक-चौथाई सोने की तैयारी कर रहे थे, रात के क़रीब ग्यारह बजे थे और शहर

के मोहल्लों, कॉलोनियों, गलियों और सड़कों पर एक ऑटो-रिक्शा चक्कर लगाता फिर रहा था जिसके चलने की आवाज़ में मनुष्य के रुदन की अनुगूँज थी और जिसके भीतर बैठा आदमी लाउडस्पीकर से अपनी आवाज़ लोगों तक पहुँचाने की कोशिश कर रहा था, "एक बच्चा... जिसकी उम्र पाँच साल है, रंग गोरा, हरी नेकर और पीली शर्ट पहने है... जिसका नाम रंजन है... आज शाम से कहीं गुम हो गया है... यह बच्चा किसी सज्जन ने देखा हो या जिस किसी को मिला हो तो मेहरबानी करके स्थानीय थाने में पहुँचाने का कष्ट करें।... ऐसा करने वाले या बच्चे की कोई भी सूचना देने वाले को उचित इनाम दिया जाएगा!..."

रात बढ़ती जा रही थी और ऑटो-रिक्शा वही शब्द बार-बार दोहराता हुआ शहर के अँधेरों-उजालों के बीच सड़क-दर-सड़क, गली-दर-गली, मोहल्ला-दर-मोहल्ला खाक छानता और रिरियाता फिर रहा था, "एक बच्चा... जिसकी उम्र..."

हुआ यह था कि गोपालबाबू को, साढ़े पाँच बजे के क़रीब, जब वे ऑफिस से घर लौटे तब, रंजन अपने सामने नहीं दिखा तो उन्होंने पत्नी से सहज ही पूछा, "रंजन कहाँ है? दिख नहीं रहा!" तब उनकी पत्नी और बेटियों ने भी ग़ौर किया कि रंजन आसपास नज़र नहीं आ रहा और उन्होंने उसे आवाज़ लगा कर पुकारा। पर रंजन का कोई जवाब नहीं आया। तो उन्होंने उसे घर के कमरों में जाकर देखा। पर उन्हें रंजन घर के किसी भी कमरे में नहीं मिला। इस पर गोपालबाबू की छोटी बेटी करुणा ने कहा, "शरद अंकल के घर होगा।" और वह दौड़ती हुई पड़ोस के शरद कुमार सक्सेना के घर की ओर चली गयी। थोड़ी ही देर में उसने लौटकर बताया, "शरद अंकल के यहाँ तो है नहीं।" यह सुनकर गोपालबाबू और उनकी पत्नी एकाबारगी सनाका खा गये, "तो कहाँ चला गया?" उन दोनों के मुँह से लगभग एक साथ निकला था। तीन बेटियों के बाद पैदा हुआ उनका इकलौता बेटा था रंजन। और फिर रंजन की ढूँढ़ (तलाश) शुरू हुई। पास-पड़ोस के सारे घरों में दरयाफ़्त किया जाने लगा। इस काम में ऑफिस से अभी-अभी लौटे गोपालबाबू, उनकी पत्नी और बेटियाँ— सविता, नम्रता और करुणा— सब लग गये। पर रंजन का कहीं

पता नहीं लग रहा था। यह देखकर पूरा परिवार बदहवास हो उठा था; और उसके बावजूद रंजन की तलाश में इधर-उधर दौड़-भाग रहा था।

और जब रंजन को ढूँढ़ पाने की एक के बाद एक सारी कोशिशें व्यर्थ होती चली गयीं, तब गोपालबाबू और उनके परिवार को अचानक लगा कि रंजन सचमुच उनके आसपास नहीं है और उसके साथ कुछ हुआ है। तब तक शहर अँधेरे में डूब चुका था। घड़ी की सुइयाँ आठ बजा रही थीं। अब पूरे परिवार के होश फ़ाख़्ता थे और वैसी ही बदहवासी में दोस्तों-रिश्तेदारों को फोन पर बताया गया कि उनका बेटा रंजन कहीं नहीं मिल रहा है।

थोड़ी देर में उनके घर एक भीड़ इकट्ठी होने लगी थी। पड़ोसी, रिश्तेदार, शुभचिन्तक, दोस्त-मित्र। और यह सब होते-होते नौ बज गये। और तब तक सबके द्वारा विचारोपरान्त यह स्वीकार कर लिया गया कि रंजन कहीं गुम हो गया है और अब इस बात की सूचना पुलिस में दी जानी चाहिए। और तब पुलिस में सूचना दर्ज कराने की विधिवत् कार्यवाही कर दी गयी।

गोपालबाबू की बेटियाँ अब खड़ी-खड़ी धार-धार आँसू रोये जा रही थीं; उनकी पत्नी एक ओर बैठी सिसक रही थीं। गोपालबाबू चिन्ता और उदासी से निश्तेज़ हुआ चेहरा लिये सोफ़े पर बैठे थे। उनके मित्र-दोस्त और रिश्तेदार उन्हें ढाढ़स बँधा रहे थे।

गोपालबाबू अपने पास-पड़ोस ही नहीं, दोस्तों-रिश्तेदारों के बीच भी बेहद सभ्य और मिलनसार आदमी के रूप में जाने जाते थे। अपने विभाग में वे निहायत परिश्रमी और ईमानदार आदमी के रूप में पहचाने जाते थे। परिणामस्वरूप उन्हें पदोन्नतियाँ समय पर मिलती गयी थीं और आज उनके पास एक ठीक-ठाक-सा घर था, गाड़ी थी, ख़ुश-ख़ुश गुज़रती ज़िन्दगी थी और साथ में उनके दोस्तों-परिचितों की सद्भावनाएँ थीं।

उनके घर पर मौजूद और उन्हें तसल्ली बँधाते परिचितों-मित्रों में से एक ने अचानक सुझाया था कि "हो सकता है रंजन कहीं भटक ही गया हो, इसलिए क्यों नहीं एक ऑटो लेकर शहर में अनाउंसमेंट कराया

जाए कि...''

उदासी की गहरी पर्त में लिपटे बैठे गोपालबाबू ने इस सुझाव को तुरन्त सहमति दी।

और फिर एक अनाउंसमेंट करने वाले व्यक्ति के साथ एक ऑटो-रिक्शा बुलवाया गया।

घोषणा करने के लिए मैटर लिखकर अनाउंसमेंट करने वाले व्यक्ति को दिया गया। वह व्यक्ति जैसे ही वह काग़ज़ लेकर रिक्शे की पिछली सीट पर बैठा, गोपालबाबू ने उससे कहा, ''मैं भी साथ चलूँगा।'' और वे रिक्शे के भीतर उसकी बग़ल में जा बैठे।

उन हालात में, वहाँ मौजूद लोगों में से कोई भी उन्हें मना करने की हिम्मत न जुटा सका।

और फिर वह ऑटो-रिक्शा रात के अँधेरों-उजालों के बीच शहर की गलियों में, कॉलोनियों में, सड़कों पर घोषणा करता फिर रहा था, ''एक बच्चा... जिसकी उम्र पाँच साल है... रंग गोरा... हरी नेकर और पीली शर्ट पहने है... जिसका नाम रंजन है... कहीं गुम हो गया है...''

'...रंजन कहाँ है?' हफ़्ते भर तक अनिश्चितता के अँधेरे कुएँ में बेलौस खड़े रहे इस प्रश्न को सिटी कोतवाली का दरोग़ा हल करने की कोशिश कर रहा था। थाने के लॉक-अप के भीतर उस वक़्त चार किशोर-वय लड़के मौजूद थे।

दारोग़ा हाथ में लिये डंडे को हिलाते हुए, एक के बाद एक चारों के चेहरों पर निगाहें टिकाने के बाद, पूछ रहा था, ''बताओ, लड़का कहाँ है?''

''नहीं मालूम सा'ब...'' चारों ने एक बार फिर एक साथ सिर हिलाये।

''अरे, जब तुम यह बता चुके हो कि उसका किडनेप तुम्हीं ने किया है, तो फिर तुम्हें अब यह क्यों नहीं मालूम कि अब वह कहाँ है?'' दारोग़ा ने सवाल किया।

''...'' जवाब में चारों ने चुप्पी ओढ़ ली।

"मैं जानता हूँ कि तुम जैसे क्रिमिनल कैसे मुँह खोलते हैं!..." चिंघाड़ कर दारोग़ा ने दो सिपाहियों को नाम लेकर पुकारा और उसके बाद बुदबुदाया, "सच उगलवाने के और भी तरीक़े आते हैं मुझे... मैं सोच रहा था कि तुम नये-नये अपराधी हो, वैसे ही सब बता दोगे... पर तुम ऐसे मुँह नहीं खोलोगे..."

और सवेरे के अख़बार में ख़बर की तफ़सील थी कि '18-20 साल की उम्र के चार लड़कों ने ऐशोआराम की ज़िन्दगी जीने की इच्छा पूरी करने के लिए, फिरौती के लिये, पिछले हफ़्ते शहर की एक मध्यमवर्गीय कॉलोनी से गोपाल नारायण वर्मा के पाँच वर्षीय बेटे का अपहरण कर लिया था। पर नौसिखिये अपहरणकर्ताओं ने फिरौती की योजना को अंजाम दे पाने में नाकामयाब रहने पर अपहृत बच्चे की इस कारण हत्या कर दी कि उसके जीवित घर पहुँचने पर पहचान वाले अपहरणकर्ता रमेश का भंडाफोड़ हो जाएगा और उसके बाद सबके सब पकड़े जाएँगे।... पुलिस ने मृत बच्चे का शव बरामद कर लिया है।'

और इस ख़बर ने एकबारगी शहर के नाड़ी-तन्त्र को झटका दिया था। दरअसल ख़बर का भेजा-हिलाऊ सच वह था जो उसकी इन सतरों के बीच मौजूद था— 'ऐशोआराम की ज़िन्दगी जीने की इच्छा पूरी करने के लिए मासूम बच्चे का अपहरण करने वाले चारों लड़कों के माँ-बाप मज़दूरी करते हैं।'

कहानी पढ़ने के बाद जगदीप जी को लगा कि कभी उन्होंने ऐसी ही घटना के बारे में अख़बार में ख़बर पढ़ी थी। बस फ़र्क़ सिर्फ़ इतना है कि ख़बर महज़ एक सूचना थी और कहानी घटना के अर्थ खोलती हुई हमें समय का क्रूर चेहरा दिखा देती है। इस कहानी को पढ़ने के बाद वे अपने भीतर एक वैचारिक बेचैनी की गिरफ़्त में आ गये और देर तक आँखें बन्द किए कुर्सी पर बैठे रहे। अगली कहानी उन्होंने तकरीबन घंटे भर बाद पढ़नी शुरू की—

कहानी रूपलाल की

आज कोई न था।

कोई न था घर में। पर उसका दिमाग़ ख़ाली न था। उसके दिमाग़ में उसका बेटा सन्नी था।... उसे लगता था कि सन्नी उसको शहर में मिलेगा— झूला झूलने को उत्सुक उन तमाम बच्चों के बीच— बिना पैसे वाले बच्चे के रूप में...

और वह घर के दरवाज़े पर ताला लगा रहा था— पहली बार। कुछ दिन पहले तक इस घर में उसका एक परिवार था— घरवाली, एक बेटे और दो बेटियों का परिवार। पर आज... आज कोई न था। आज वह अकेला था और उसके साथ थे कुछ ख़ौफ़नाक दृश्य जो उसकी आँखों में समा कर रह गये थे। दरवाज़े पर ताला डालते हुए वह अच्छी तरह जान रहा था कि उसके घर में ऐसा कुछ भी नहीं है जिसके लिए ताले की ज़रूरत हो। स्टील के चन्द थाली लोटे कटोरे गिलास, कुछ कपड़ों, दो खाटों और एक कनस्तर के अलावा घर में कुछ भी नहीं है। वह तो रोज़ कुआँ खोदकर रोज़ पानी पीने वाला आदमी है। उसे तो यह भी याद नहीं आता कि उसकी जेब में कभी एक सौ का नोट भी रहा है। रोज़ की कमाई से इकट्ठे होने वाले चालीस-पचास-साठ रुपयों से ज़्यादा उसकी गाँठ में कभी नहीं रहे। पर सूने घर को ताला देने का जो दस्तूर है, उसी को निभा रहा था वह। अलबत्ता दरवाज़े पर ताला लटकाते हुए उसका कलेजा मुँह को आया जा रहा था। पर अपने भीतर एक उम्मीद को सँभाले हुए था वह।

वह, यानी रूपलाल!

रूपलाल के बाप के हिस्से में क़रीब चार बीघा ज़मीन आयी थी जब उसके और भाइयों के बीच बँटवारा हुआ था। उस समय रूपलाल पैदा नहीं हुआ था। उससे बड़ी पाँच बहनें थीं उस समय। और आगे चलकर उन पाँचों के ब्याहों में ही स्वाहा हो गयी थी उसके बाप के हिस्से की सारी ज़मीन। फिर कुछ-कुछ शाहमिज़ाज आदमी था उसका बाप, और बिना भाई की पाँच-पाँच लड़कियों का पिता होने के चलते हताश

और निराश भी। और जब रूपलाल पैदा हुआ तब उसके बाप के खाते में बिस्वा भर भी ज़मीन नहीं बची थी। पर अगली सन्तान को लड़के के रूप में पाकर उसकी ख़ुशी का ठिकाना न रहा था। लड़का होने की ख़ुशी उससे सँभाले न सँभलती थी। और कुछ दिनों बाद उसने लड़के को अपने हाथों में लेकर ग़ौर से देखते हुए उसका नामकरण कर दिया था— रूपलाल।

और रूपलाल जब 17-18 साल का हुआ था, तो जाति-बिरादरी ने उसके ब्याह के लिए दरवाज़े खोल दिए थे। वह देखने-भालने में अपने नाम के अनुरूप रूप-स्वरूप वाला तो था ही, साथ ही शील-स्वभाव से भी सभ्य और मिठबोला था। अपने घर से पाँच-पाँच बेटियों को विदा कर चुके उसके माँ-बाप भी चाहते थे कि घर में जल्दी से उनके बेटे की बहू आये। और इस सूरत में बिरादरी ने उसके माँ-बाप की इच्छा को हाथों-हाथ लिया और रूपलाल का ब्याह हो गया था। उसे घरवाली भी जोड़ की मिली। ज़्यादा हूर-परी तो नहीं, पर गेहुँआ रंग की सुगढ़ और सलोनी लड़की थी वह। शहर से आयी थी और आठवीं कक्षा तक पढ़ी थी वह। सलीके से रहना जानती थी। ससुराल में आकर मैचिंग साड़ी-ब्लाउज़ पहनती थी। सज-सँवर कर रहती थी। रोज़ शैम्पू से बाल धोती थी। चेहरे पर क्रीम-पावडर लगाती थी। होठों को लिपस्टिक से रँगती थी। और ब्याह में मायके से लाई 14 इंच वाले ब्लैक एंड व्हाइट टीवी पर फ़िल्में देखती थी। हालाँकि उसका पिता एक मजदूर था। पर उसके घर में मौजूद टीवी पर एक ख़ूबसूरत, दिलकश और रंगबिरंगी दुनिया पायी जाती थी, जिसमें एक लुभावना बाज़ार भी मौजूद था— एक ऐसा बाज़ार, जिसमें 'सस्ते दामों में' ऐसी-ऐसी चीज़ें बिकती थीं जो बदसूरत जिस्म को ख़ूबसूरत, मैले कपड़े को साफ़-शफ़्फ़ाफ़ और काली चमड़ी को गोरी-सलोनी त्वचा में बदल देती थीं। इसके अलावा उस बाज़ार में मौजूद तमाम चीज़ें ऐसी थीं जो वहाँ एक बार दिखाई दे जाने पर रात के सपने में भी दिखाई देती थीं।

रूपलाल की घरवाली ने वे सब चीज़ें टीवी के बाज़ार में भी देखी थीं, और उसके बाद में अपने सपनों में भी। कुछ हासिल भी की थीं। और

इसीलिए वह ब्याह के बाद जब ससुराल में आयी थी तो अपने साथ स्टील के दो थाली-लोटे, दो गिलास, चार कटोरियों, जार्जेट की एक साड़ी, नाक की एक लौंग के अलावा सस्ते फाइबर की अटैची में छह लिरिल साबुन, बीस लक्स शैम्पू के पाउच, तीन ब्रा, दो पेंटी, एक पोंड्स पावडर का डिब्बा, एक 'फेयर एंड लवली' क्रीम की डिबिया और दो व्हिस्पर के पैकेट भी लाई थी। और साथ ही लायी थी वह 'पोर्टेबुल बाज़ार' और उसमें बिकती चीज़ों के वे सपने भी जिन्हें वह अपनी नींद में देखती थी।

और ब्याह के बाद, रूपलाल के सामने, कुछ समय तक, एक जादुई इन्द्रधनुष अपने सातों रंगों के साथ छाया रहा था।

इस दरमियान रूपलाल, हर साल की दर से, एक के बाद एक तीन बच्चों का बाप बन गया। बच्चों के नाम रखे गये थे— रेखा, काजल और सन्नी— सबसे पहले पैदा हुई थी लड़की, जिसका नाम रखा गया था रेखा; दूसरे नम्बर पर भी लड़की ही पैदा हुई, जिसका नाम रखा गया था काजल; और दोनों लड़कियों के बाद पैदा हुए लड़के का नाम रखा गया था सन्नी। तीनों बच्चों के नामकरण की ज़िम्मेदारी निभाई थी रूपलाल की घरवाली ने ही, जिसकी फ़िल्मी नामों की जानकारी काफ़ी वसीह थी।

...इस दरमियान समय दौड़ता हुआ गुज़रा था।... समय का मिज़ाज अनवरत और अनथक चलते रहने का है, सो वह चलता रहा और पता ही न चला कि साल के बाद साल गुज़र गये और रूपलाल के बच्चों ने घर को भरा-भरा-सा कर दिया था। और समय की इसी दौड़-चाल के बीच रूपलाल के माँ-बाप दुनिया से चले गये थे।

पर इसके बाद कुछ और वक़्फ़ा गुज़रा, तो वही दौड़ता हुआ समय अब घिसट-घिसट कर आगे बढ़ने लगा। अब घर की आमदनी की निस्बत ज़रूरतें ज़्यादा थीं।

रूपलाल गाँव में मजूरी करता। चैत-कार्तिक में काम मिल जाता, पर बाक़ी महीने काम के न रहते बैठे रहना पड़ता। तब समय कीचड़ में फँसे हाथी की तरह खिंचता।

घर में कभी-कभी बच्चों तक के फ़ाकों की नौबत आ जाती।

और तब एक दिन इस मसले पर पति-पत्नी ने मशविरा किया था

और उसके बाद रूपलाल बीवी-बच्चों के साथ शहर में आ गया था।

शहर ने रूपलाल के काँधे पर एक झूला रख दिया। झूला, जो छोटे-छोटे बच्चों के झूलने और मनोरंजन का साधन था, और जिसको एक गोल-चिकनी लकड़ी के लट्ठे की धुरी पर इस प्रकार बनाया गया था कि उससे जुड़ी चार छोटी-छोटी पालकियों को, खेल के वक़्त छाते की तरह खोल कर गोल दायरे में घुमाया जा सकता था और खेल समाप्त होने पर छाते की ही तरह बन्द करके काँधे पर रखकर आगे बढ़ा जा सकता था। यह एक चलता-फिरता झूला था।

झूले से धन्धा करने का आइडिया रूपलाल को शहर के उस मेले में मिला था जिसमें घूमने वह शहर आने के बाद एक दिन अपनी घरवाली के साथ गया था। वहाँ उसने एक आदमी को ऐसे ही झूले से धन्धा करते देखा था। और उसने उसी दिन यह झूलेवाला धन्धा अपनाने का मन बना लिया था।

और अब रूपलाल रोज़ सवेरे कुछ खा-पीकर, झूला काँधे पर रख घर से शहर के उन निम्नवित्तीय मोहल्लों और कॉलोनियों की तरफ़ निकलता जिनमें उसके झूले पर झूलने को लालायित बच्चों की कमी नहीं होती थी।

अपने झूले की चारों पालकियों पर छोटे-छोटे बच्चों को बैठाकर वह उन्हें गोल दायरे में घुमाता था। बच्चे ख़ुश होते थे। उसका धन्धा चलता था।

उसके झूले पर झूलने का प्रति बच्चा रेट था— एक बार का एक रुपया।

वह जब किसी मोहल्ले या कॉलोनी में पहुँचकर अपनी विशिष्ट शैली में आवाज़ लगाता तो छोटे-छोटे बच्चे उसके इर्द-गिर्द आ झिमटते थे। उनमें से जिनके पास पैसे होते थे वे उसके झूले पर झूलने को उतावले होते, और जिनके पास पैसे नहीं होते थे वे दूसरे बच्चों का झूलना देख-देखकर ही अपना मन बहला लेते थे।

कभी-कभार झूले की तीन पालकियाँ भर जातीं, और चौथी

पालकी में झूलने के लिए एक रुपया ख़र्च कर पाने की कुव्वत वाला कोई बच्चा न मिलता तो रूपलाल उन तमाम बच्चों में से ही किसी एक को उठा कर चौथी पालकी में बिठा कर झुला देता जिनके पास पैसे नहीं होते थे। उस समय उस बच्चे को, बिना पैसे लिये झुलाते हुए रूपलाल को ऐसा लगता था कि जैसे उसकी जगह कोई और उसके बेटे सन्नी को झुला रहा है। उस समय उसकी ख़ुशी का ओर-छोर न होता था।

इस तरह से वह रोज़ाना ख़ुशियाँ बेचने और बटोरने का धन्धा करता और अपने हथझूले की बदौलत दिन भर में कभी पचास, कभी चालीस, कभी साठ रुपये तक कमा लेता था, जिससे उसके घर-परिवार की अनिवार्य ज़रूरतें पूरी होती थीं।

पर रूपलाल की यह पचास के आसपास प्रतिदिन की कमाई उसकी घरवाली को 'आमदनी' लगती थी। उसके भीतर बैठी इच्छाओं की भीड़ रोज़ मुँह उठाकर खड़ी हो जाती थी। एक दिन उसने रूपलाल से कहा, "काल तो मैं बज़ार जाऊँगी..."

सुनकर रूपलाल ने निगाह उठाकर उसकी ओर देखा था।

"डेढ़ सौ रुपइया चहिएँ!" उसने आगे कहा।

"डेढ़ सौ रुपइया... !" रूपलाल के मुँह से निकला और उसने एक बार फिर घरवाली के चेहरे को देखा— ग़ौर से। वह समझ नहीं पा रहा था कि वह बाज़ार जाकर डेढ़ सौ रुपये का क्या ख़रीदेगी।

घरवाली ने अपने-आप ही आगे की बात साफ़ की, "कछू सामान लेना है।"

"सामान ?... कौन-सा सामान ?" उसने पूछा।

"मेरा अपना सामान है।..." घरवाली ने तुरन्त जवाब दिया।

"पर इतने रुपइया कहाँ हैं!" रूपलाल ने कहा।

"काए ? रुपइया काए नहीं है ?" घरवाली ने उसकी तरफ़ आँखें फाड़ कर देखा।

"बचें तब तो रुपइया होंइ।" रूपलाल ने कहा, "दिन की पूर ही मुश्किल से पड़ती है।"

सुनकर घरवाली के चेहरे पर यकायक एक और चेहरा आ

चिपका।

उसके बाद कुछ दिनों तक वह रूपलाल के प्रति उसी चेहरे के साथ बनी रही।

अलबत्ता रूपलाल कुछ नहीं कर सकता था क्योंकि वह इस सचाई से भलीभाँति परिचित था कि उसकी कमाई रोज़ कुआँ खोद कर रोज़ पानी पीने जैसी है।

और इसी सूरत के साथ कुछ और दिन बीते। उसके बाद एक दिन फिर घरवाली ने उसके सामने अपनी फरमाइश रखी, ''चलो, काल तो फिलम देख आयें...''

उस दिन रूपलाल बहुत थका हुआ था। वह दिन भर झूला लिये गली-मोहल्लों में घूमता रहा था पर उस दिन की कमाई थी कुछ मिलाकर छब्बीस रुपये। और इन्हीं रुपयों में से वह एक किलो आटा और आधा किलो आलू ख़रीद लाया था और उसकी जेब में अब एक और दो रुपये के कुछ सिक्के पड़े रह गये थे। घरवाली की फिल्म देखने चलने की पेशकश पर उसका माथा भन्ना उठा। उसने जवाब इस तरह दिया—''फिलम देख आयें!... और फिलम के टिकट क्या फिरी में मिलेंगे?... यहाँ तो दिन भर जन्तर लादे-लादे कन्धा दूखने लगता है तब कहीं दाल-रोटी लाइक पैसे हो पाते हैं; और उसे फिलम देखने की सूझ रही है।...''

सुनकर घरवाली के चेहरे पर गुस्से की एक मोटी-सी परत आ चढ़ी। पिछले कई दिनों से फ़िल्म देखने की उसकी भयानक इच्छा थी। मायके में वह महीने में कम-से-कम एक बार अवश्य अपनी माँ के साथ टाकीज़ में फ़िल्म देखकर आती थी। यों घर के टीवी पर हफ़्ते में दो-तीन फ़िल्में आती ही थीं पर टीवी पर देखने में वह बात कहाँ जो टॉकीज़ में है। दरअसल फ़िल्म देखने जैसे शौक उसे घुट्टी की तरह मिले थे। यह शहर की उस हवा की तासीर थी जो उस समय गाँव-देहात तक नहीं पहुँची थी।

और यही कारण था कि निपट देहात में जन्मे रूपलाल की मनोरचना दिखने-दिखाने और देखने से ज़्यादा खाने-पीने के शौक से जुड़ती थी। इसलिए जिस दिन उसकी दिन भर की कमाई पचास से ऊपर

पहुँच जाती थी उस दिन वह घर के लिए कोई मिठाई या मौसमी फल ज़रूर ख़रीद लाता था। उसके बेटे को अंगूर पसन्द थे इसलिए वह उसके लिए अकसर अंगूर ख़रीद लाता था वह अपनी सामर्थ्य के हिसाब से अपने बच्चों और बीवी को भी ख़ुश रखने का भरसक जतन करता था।

पर एक के बाद एक, तीन बच्चे जन चुकी उसकी घरवाली की इच्छाओं की फेहरिस्त कम न हुई थी। वह दिन भर टीवी पर मेकअप से दमकते सजे-धजे चेहरे देखती और फुर्सत पाते ही उन चेहरों से मिलान करते हुए शीशे में अपना चेहरा निरखती थी। तब उसके सामने 'बाज़ार' झलमलाता था। और जागते-सोते— हमेशा उसकी आँखों में उस बाज़ार के सपने होते थे। सपने में वह कभी नीली आँखों वाली ब्रह्मांड सुन्दरी-जैसी बन जाती थी, कभी अपने बालों को छहराती-फहराती रिटायर्ड हीरोइन जैसी। पर जब भी उन सपनों से बाहर आती, तब वह इस सच्चाई से रू-ब-रू हो जाती कि वह न नीली आँखोंवाली ब्रह्मांड सुन्दरी-जैसी है, और न ही उसके बाल रिटायर्ड हीरोइन जैसे ख़ूबसूरत हैं। और तब उसे दरकार होती थीं वे चीज़ें जो नीली आँखों वाली ब्रह्मांड सुन्दरी और रिटायर्ड हीरोइन ने बताई थीं और जो बाज़ार में मिलती थीं। और उस समय उसे यह कतई याद नहीं रह जाता था कि वह रूपलाल नाम के उस आदमी की घरवाली है जो अपने काँधे पर झूला लादे फिरता दिन भर में महज़ चालीस-पचास-साठ रुपये कमाने वाला एक मनोरंजन-मजदूर है।...

उस दिन शाम को रूपलाल जब'घर लौटा तो रोज़ की तरह बाहर से ही उसने अपने बेटे को पुकारा, "सन्नीऽऽ!"

नाम सुनते ही सन्नी दौड़ता हुआ भीतर से बाहर निकल कर अपने बाप के सामने आ गया। बाप को देखकर उसकी बाँछें खिल गयीं। उसने कहा, "पापा, मेरे लिए अंगूर लाये?"

रूपलाल को लगा, उससे ग़लती हो गयी। उसे अंगूर लाने की याद ही न रही थी। पर उसने कहा, "अरे, आज रास्ते में अंगूर का कोई ठेला ही नहीं मिला..." और वह बेटे के साथ भीतर अपनी कुठरिया में पहुँचा। झूला उतार कर उसने दीवार के सहारे टिका दिया और एक बार फिर बेटे

की तरफ़ देखते हुए कहा, ''मैं अभी आया!... आज सब्ज़ी भी नहीं ले पायी है... और तेरे लिए अंगूर भी ले आऊँगा!'' कहकर उसने बाहर जाने का रुख किया कि तभी वहाँ मौजूद उसकी घरवाली ने उसे टोका, ''सुनो नेंक!''

उसने घरवाली की तरफ़ आँख उठाकर देखा। उसके पास ही दोनों लड़कियाँ थीं।

''मेरे लिए दो चोली ले आना... एक फेयर लवली किरीम और पोंड पावडर का डिब्बा... केयरफिरी हू खतम हो गयी है... और एक साबुन ले आना लिरिल...'' घरवाली ने उससे कहा।

सुनकर रूपलाल के चेहरे पर आजिजी झलक आयी, दिन भर की थकान भी और खीज भी। उसके मुँह से निकला, ''का मेरे पास रुपइयन की खदान खुदी है सो फेयर लवली किरीम, पावडर का डिब्बा और जे-वो पूरा बजार खरीद लाऊँ!... नहीं हैं मेरे पास इतने पइसा...''

''काये नहीं हैं पइसा?'' घरवाली ने एकदम चीखते हुए कहा, ''मेरे लिए कबहूँ पइसा नहीं रहते... नंगी फिरूँ क्या मैं?'' उस समय उसकी आवाज़ में तल्ख़ी थी।

''नंगी नहीं फिर रही है तें!'' रूपलाल ने उसको लगभग नज़रअन्दाज़ करते हुए चलते-चलते कहा, ''मोंड़ी-मोड़नि की चिन्ता नहीं है और अपने लिए जे ल्याऊ, वो ल्याऊ।... हद है गयी।...'' कहता हुआ वह बाहर निकल गया।

वहाँ खड़े उसके तीनों बच्चे— सन्नी, रेखा और काजल उसे जाता हुआ देखते रहे। उनकी आँखों में उसे लौटते देखने की लालसा थी।

पर उसकी घरवाली उस समय कुछ और देख रही थी।

थोड़ी देर में एक किलो आलू और सौ ग्राम अंगूर लिये लौटे रूपलाल ने आदतन दरवाज़े के पहले पहुँचते ही आवाज़ लगायी, ''सन्नीऽऽऽ!''

आवाज़ सुनकर उसका बेटा भीतर से दौड़ता हुआ बाहर आया और उसके हाथ से अंगूर की थैली लेने से पहले ही लड़खड़ाता हुआ ज़मीन

पर गिर पड़ा।

रूपलाल ने बेटे को इस तरह से गिरता देख फुर्ती से आगे बढ़ कर उठाया और आँगन में जल रहे बल्व की पीली रोशनी में उसका चेहरा देखा तो उसके होश फाख़्ता हो गये। उसे लगा, उसका बेटा बेहोश हो गया है। वह ज़ोर से चीखा, ''अरे देखो, सन्नी को क्या हो गया। ये सन्नी को क्या हो गया।...'' पर उसकी आवाज़ सुनकर भीतर से कोई नहीं आया तो उसने फिर गला फाड़कर आवाज़ लगायी, ''अरे देखो, काजल, देखो तो ये सन्नी को क्या हो गया।'' आलू और अंगूर एक ओर पड़े थे। वह अपने चार वर्षीय बेटे को छाती से चिपकाये चीखे जा रहा था, ''अरे, देखो तो ये सन्नी को क्या हो गया।...'' पर इतनी चीख-पुकार के बाद भी कुठरिया के भीतर से न घरवाली निकली, न ही उसकी बेटियाँ। हाँ, पड़ोस में रहने वाले कुछ लोग अवश्य इस जिज्ञासा के साथ दौड़े आये कि आख़िर क्या हुआ है, देखा तो जाए। उनमें से एक ने रूपलाल के हाथों से बच्चे को लेकर देखा तो उसके मुँह से निकला, ''अरेऽऽ, इसकी तो देह ठंडी हो गयी।'' सुनकर दूसरे ने बच्चे के शरीर को छूकर देखा, फिर नाक के पास हाथ ले जाकर महसूस किया— साँस नहीं चल रही। वे कुछ पलों के लिए हक्के-बक्के रह गये। और फिर बदहवास रूपलाल को सँभालने लगे, जिसके देखते-देखते उसका बेटा प्राण त्याग चुका था। रूपलाल बेटे की ओर देखता हुआ अब भी कह रहा था, ''देखो तो, क्या हो गया इसे... !''

उनमें से एक ने रूपलाल को बाँहों में भर लिया, और ढाढ़स बँधाया, ''भैया, सन्नी अब नहीं रहा... !''

रूपलाल के भीतर से रुलाई का बुक्का फूटा।

वे लोग रूपलाल को सँभालने लगे। साथ ही उनमें से एक ने ध्यान दिया कि ऐसे समय में रूपलाल की घरवाली और बेटियाँ वहाँ नहीं हैं, तो वह उसकी कुठरिया के भीतर झाँका और वहाँ का नज़ारा देखकर दंग रह गया— वहाँ रूपलाल की घरवाली और उसकी दोनों बेटियाँ ज़मीन पर अस्त-व्यस्त गिरी पड़ी थीं। उसने यह सब और लोगों को बताया तो उन्होंने भीतर जाकर दरयाफ़्त किया— उसकी दोनों बेटियाँ भी बेटे ही की तरह ठंडी

हो चुकी थीं और आख़िरी साँसें लेती घरवाली के मुँह से झाग निकल रहे थे।...

यह सब देखकर, रूपलाल अवाक् था और कुछ समय तक उसके भीतर एक शून्य-सा व्याप कर रह गया। उस समय वह इस बात को बिल्कुल नहीं समझ पा रहा था कि उसकी घरवाली ने अपनी और अपने बच्चों की हत्या नहीं की है; बल्कि उन सबकी हत्या की है तेज़ लपलपाती जीभों वाली उन अनगिनत इच्छाओं ने जो उसकी कुठरिया में मौजूद एक चौदह इंच के चमचमाते बक्से से निकलती और कभी पूरी नहीं हो पाती हैं!...

और उसके बाद के दिनों में रूपलाल अपनी भोली-भाली दुनिया के राख भरे खँडहरों में भटकता रहा था... वे दिन रूपलाल के लिए ऐसे अँधेरे और अनिश्चितता भरे रहे जैसे कोई भयानक काली रात में अनवरत आँधी-बाढ़-तूफान से घहराती-उफनती नदी में हिचकोले खाती किसी जर्जर डोंगी पर सवार इधर-उधर मारा-मारा फिरता हो और उसे किनारे का कहीं अता-पता तक न नज़र आता हो!

हिल गये थे कहानी पढ़कर जगदीप जी। क्या हमारा समय ऐसा ख़ूँख़ार है जैसा कहानी में मौजूद है। उन्होंने किताब बन्द की और अलमारी में रख दी। आगे की कहानियाँ पढ़ने की उनके भीतर अब हिम्मत न थी। अलबत्ता वे देर तक पढ़ ली गयी कहानियों को लेकर सोच में डूबे रहे थे।

कुछ दिनों बाद घर में ख़ुशियों का अम्बार लग गया था। सबसे ज़्यादा ख़ुश जगदीप जी थे। वजह साफ़ थी कि दिवाकर, डॉ. दिवाकर वर्मा, एम.डी. होकर लगभग नौ सालों तक दिल्ली में रहने के बाद घर आया हुआ था, और शुभंकर के प्री मेडिकल टेस्ट का रिज़ल्ट आ गया था जिसके अनुसार वह मेरिट में था और उसका एम.बी.बी.एस पाठ्यक्रम में प्रवेश तय था।

जगदीप जी ने निरन्तरता में बिलाफुर्सत के, मशक्कत से भरे 55 साल का जीवन जी लिया था। अब उनका ख़ुश होना तो स्वाभाविक ही था जबकि उनका बड़ा बेटा डॉक्टर बन चुका था और छोटा बेटा डॉक्टर बनने की राह पर था।

एक दिन खाने के वक़्त ख़ुशी से भरे हुए वे दोनों बेटों से मुख़ातिब बोले, "अब मैं निश्चिन्त हो गया... अगर शुभंकर का मेडिकल में नहीं हो पाता, तो मुझे भी सन्तुष्टि नहीं होती और इसके भीतर भी हीनभावना बनी रहती हमेशा..." कहते हुए उन्होंने शुभंकर की ओर देखा, "लेकिन अब तुम दोनों एक ही लाइन में आ गये हो, यह मेरे लिए सुकून की बात है।..." कहकर उन्होंने दिवाकर की ओर देखा, "अब दिवाकर तुम मेरी बात सुनो... देखो, मैंने तो जो करना था कर लिया। अब तुम सँभालो और मुझे राहत दो... घर पड़ा है, इसे जैसा बनवाना चाहो, वैसा बनवा लो... चाहो तो मार्बल लगवा लो... जो भी करना है, कर लो।... मैं सोच रहा हूँ कि घर के ज़रा ठीकठाक हो जाने के बाद अपने परिचितों-रिश्तेदारों को बुलाएँगे और एक छोटी-सी पार्टी देंगे... अपनी ख़ुशी में उन्हें भी शामिल करेंगे... पर इससे पहले तुम ये बताओ", कहते हुए एक उचटती-सी निगाह शुभंकर के चेहरे पर डालते हुए दिवाकर की ओर देखा, "अब तुम्हारा क्या इरादा है?... क्या करना है अब तुम्हें?"

सुनकर दिवाकर ने तुरन्त कहा, "मुझे तो कोई भी जॉब मिल जाएगा।"

"पर कौन-सा जॉब?... मुझे भी तो बताओ!" उन्होंने कहा।

"कम्यूनिटी मेडिसन, जिसमें मैंने एम.डी. किया है, क्लीनिकल लाइन तो है नहीं, और एम.बी.बी.एस. बेस पर मैं प्रैक्टिस करूँगा नहीं। मेरा सब्जेक्ट ऐसा है कि इसमें तीस-चालीस हज़ार परमन्थ का जॉब तुरन्त मिल जाएगा... कई स्वयंसेवी संस्थाएँ हैं..."

"कौन-सी स्वयंसेवी संस्थाएँ हैं?" उन्होंने बीच में ही पूछ लिया।

"यूनीसेफ और डब्ल्यू. एच. ओ. से रिलेटेड बहुत-सी संस्थाएँ हैं।"

"ये संस्थाएँ कहाँ पर हैं?" उन्होंने पूछा था।

"दिल्ली में।"

"तो क्या अब नौकरी भी दिल्ली में ही करोगे?"

"हाँ, वहीं करूँगा!" दिवाकर ने तपाक से कहा, जैसे वह सब कुछ पहले से ही तय किए बैठा हो।

सुनकर जगदीप जी तनिक मायूस हुए और बोले, "दिल्ली में तो पूरे नौ साल रहकर आये ही हो, अब अपने शहर में हमारी आँखों के सामने रहकर करो, जो भी करना है।"

"पर यहाँ तो ऐसी कोई संस्था है नहीं, जिसमें मुझे जॉब मिल सके।"

"तो... देखो दिवाकर, सच कहूँ तो दिल्ली मुझे डराती है। दो बार दिल्ली गया हूँ तो दोनों बार दिल्ली मुझे डरावनी लगी थी। ... मुझे लगता है कि दिल्ली में अगर कोई रास्ता भूल जाए, तो किसी के पास उसको उसका रास्ता बताने की भी फुर्सत नहीं है। सबको अपनी-अपनी पड़ी है वहाँ।... मुझे तो वहाँ के लोग बेतहाशा दौड़ते-भागते लगते हैं— किसी मशीन की तरह। और फिर दिल्ली में कुछ भी करते रहो, बात वही होगी कि जंगल में मोर नाचा किसने देखा।"

"पर यहाँ क्या करूँगा मैं?" दिवाकर ने उनसे पूछा।

"कुछ भी करो, पर अपनों के बीच रह कर करो।" वे बोले।

"ये अपने, पराये कुछ नहीं होता।" दिवाकर ने कहा, "लोग कहाँ-कहाँ काम करते हैं...!"

सुनकर एक झटका-सा लगा था उन्हें। जवाब में वे बोले, "अपने, पराये कुछ कैसे नहीं होता...?" कहते हुए वे तनिक आवेश से भरे उठे और उनकी आवाज़ रूखी-सी हो उठी, "क्या मुझमें और किसी अजनबी में तुम्हारे लिए कोई फ़र्क़ ही नहीं होगा?"

उनकी इस बात के जवाब में दिवाकर ने कुछ नहीं कहा। उसने उनके तमतमा आये चेहरे को एक बार देखा भर, और चुप्पी साध ली।

पर जगदीप जी के दिमाग़ में उसका कहा— 'अपने, पराये कुछ नहीं होता' ही घूम रहा था और वे अब उससे कह रहे थे, "दिल्ली में रह के तुम इनसान भी रह गये हो या नहीं, जो तुमने ऐसी बात कही...

हद हो गयी। तुमने आख़िर ऐसी बात कह कैसे दी!... क्या दिल्ली ने तुम्हें इनसान की जगह मशीन बना डाला है...''

जवाब में दिवाकर वहाँ से उठा और चला गया था। शुभंकर और वे बैठे रह गये— बेआवाज़, बेबातचीत। थोड़ी देर बाद शुभंकर भी उठ गया था। वे अकेले बैठे रह गये थे। अलबत्ता तब भी दिवाकर के कहे शब्द उनके दिमाग़ में लगातार घूम रहे थे— 'अपने, पराये कुछ नहीं होता...'।

अगले दिन दिवाकर एक बड़ा-सा बैग कन्धे से टाँग और सूटकेस हाथ में लटका कर दिल्ली के लिए निकल गया था। निकलते वक़्त उसने जगदीप जी से कहा था, ''दिल्ली जा रहा हूँ...!''

जगदीप जी ने सुना, पर कहा कुछ नहीं। उनके भीतर अब तक पिछले दिन की बातचीत की पीड़ा थी। दिवाकर आगे बढ़ गया था।

उसके करीब हफ़्ते भर बाद उसका फोन आया था। फोन पर वह बता रहा था कि उसे सर्विस मिल गयी है।

''कहाँ?'' जगदीप जी के मुँह से अनायास ही निकला था।

''यहीं... दिल्ली में... ज्वाइन कर लिया हूँ... सेलरी पैंतीस हज़ार पर मन्थ है।''

''ठीक है...'' उन्होंने कहा था, ''क्या है नौकरी?... मतलब काम क्या है?''

''कन्सल्टेंट की पोस्ट है...।''

''कन्सल्टेंट?...''

''हाँ, अब मैं कार ले रहा हूँ।''

''कार? पर कार की अभी क्या ज़रूरत है!''

''ज़रूरत तो है!''

''पर अभी इतना पैसा है तुम्हारे पास?'' उन्होंने पूछा था।

''फाइनेंस करा रहा हूँ...''

''फाइनेंस?... पर फाइनेंस कराके कार लेने की क्या ज़रूरत है? फाइनेंस कराने का मतलब कर्ज़ लेना ही तो है। और कर्ज़ लेकर कार लेने की क्या अटकी पड़ी है? अगर इतनी जल्दी है कार लेने की, तो

सेकेंडहैंड ले लो, पर मेरा कहना यह है कि लो नगद ही। कर्ज़ फाइनेंस करा के इस तरह की चीज़ लेना मुझे बिल्कुल भी पसन्द नहीं है।''

''मैं कोई अकेला थोड़े ही हूँ जो फाइनेंस करा के कार ले रहा हूँ... अब तो सब इसी तरह लेते हैं।''

''सब से हमें कोई लेना-देना नहीं है... मैं अपनी बात कर रहा हूँ।''

''वो तो ठीक है; पर इस तरह तो कभी भी कार नहीं ले पाएँगे।''

''कभी क्यों नहीं ले पाओगे?... नौकरी का पैसा कहाँ जाएगा?''

''पर मैं तो पेपर सब्मिट कर चुका हूँ फाइनेंस के लिए।''

''पेपर तो वापस भी लिए जा सकते हैं...''

''पन्द्रह हज़ार का पेमेंट भी कर चुका हूँ...''

''अब सब कुछ कर ही चुके हो तो मुझे बताने की भी ज़रूरत क्या है... जैसा सही समझो, करो!... कार लेने पर मुझे कोई ऐतराज़ नहीं है। पर कर्ज़ लेकर लेने से ऐतराज़ है।... लेना ही है तो नगद भुगतान करके लो, अभी नहीं तो कुछ और समय के बाद।''

''अब मूड बन गया है पापा, कार तो लेना ही है... फाइनेंस कराने में कोई बुराई नहीं है... हर कोई फाइनेंस कराके ही ले रहा है आजकल।'' दिवाकर ने कहा।

''फाइनेंस कराके तो किसी दफ़्तर का बाबू भी कार ले सकता है, उसमें क्या बड़ी बात है?... फिर एक डॉक्टर और क्लर्क में फ़र्क़ क्या रहा?''

''वो तो ठीक है, पर इस तरह कोई नहीं सोचता जैसे आप सोचते हैं, इस तरह सोचकर तो कोई कुछ कर ही नहीं सकता कभी...''

''अच्छी बात है... जैसा सही समझो, वैसा करो।''

''रखता हूँ!'' कहकर उसने फोन काट दिया था।

उसके बाद उसने उसी दिन फोन किया था, जिस दिन कार की डिलेवरी लेकर लौटा था। वह फोन पर बेतरह ख़ुश लग रहा था, ''कार आ गयी है पापा। अभी ख़ुद ही चला कर लाया हूँ...''

''तुमने कार चलाना कब सीखा?'' वे उसे पूछ रहे थे।

''ड्राइविंग तो मैंने लास्ट इयर ही सीख ली थी... मुझे अच्छी तरह

चलाना आता है।''

''ठीक है,'' कहते हुए उन्होंने भरसक कोशिश की कि उनकी आवाज़ में असहमति या नाराज़गी का अंश मात्र भी न झलके, ''फिर भी अभी सावधानी से ही चलाना!... कार कौन-सी है?''

''मारुति आल्टो है— ए.सी. है!'' उसने कहा था।

''अच्छी बात है।'' वे बोले थे।

''अच्छा, अब रखता हूँ।'' कहकर उसने फोन काट दिया था।

लगभग दो महीने गुज़र गये थे। रोज़ की तरह उस दिन जगदीप जी अख़बार देख रहे थे कि उनकी निगाह एक विज्ञप्ति पर जा अटकी जिसमें शहर के सरकारी मेडिकल कॉलेज में असिस्टेंट प्रोफेसर्स की रिक्तियों को भरने के लिए आवेदन चाहे गये थे। जिन विषयों के पदों की पूर्ति हेतु आवेदन चाहे गये थे, उनमें पी.एस.एम. यानी कम्यूनिटी मेडिसिन भी था।

यह देखकर जगदीप जी ने तुरन्त दिवाकर को फोन लगाया था, ''दिवाकर यहाँ मेडिकल कॉलेज में पी.एस.एम. डिपार्टमेंट में असिस्टेंट प्रोफेसर्स के लिए आवेदन माँगे गये हैं।''

''मुझे मालूम है।'' उधर से दिवाकर ने कहा था।

''तुम्हें कैसे मालूम है?''

''इंटरनेट पै देख लिया था।''

''अच्छा, तो इसके लिए अप्लाई क्यों नहीं करते?''

''असिस्टेंट प्रोफेसर की नौकरी में क्या रखा है?''

''क्यों?... आख़िरकार असिस्टेंट प्रोफेसर एक गजटेड ऑफिसर की पोस्ट होती है। फिर सरकारी नौकरी है। अप्लाई करने में क्या जाता है। हो जाए तो ठीक है, तब वैसा देख लेना। पहले नियुक्ति तो मिल जाए।'' उन्होंने उससे कहा था।

''ठीक है, देखता हूँ।''

''देखता हूँ नहीं, लास्ट डेट से पहले-पहले सारी फार्मेलिटीज़ पूरी करके फॉर्म जमा कर दो।''

''कोई नहीं करता ये टीचिंग का जॉब...''

"अरे, टीचिंग का जॉब है तो क्या? डॉक्टर तो कहे ही जाओगे। और फिर टीचिंग किसी प्राइमरी स्कूल में नहीं करनी है, मेडिकल कॉलेज में करनी होगी। फिर पहले नियुक्ति तो मिले।"

"ठीक है, आता हूँ किसी दिन...."

"अप्लाई करना ही है तो जल्दी कर लो, कल-परसों तक आ जाओ। सारे ज़रूरी डाक्यूमेंट्स लेके आना।"

"आता हूँ...।" कहकर उसने फोन काट दिया था।

और उनके आग्रह पर उसने बेमन से फॉर्म सब्मिट कर दिया था।

लास्ट डेट निकलने के तीन-चार दिन बाद इंटरव्यू के लिए कॉललेटर घर के पते पर आ गया था, जिसके अनुसार निर्धारित दिनांक को उसे साक्षात्कार हेतु भोपाल पहुँचना था।

उन्होंने उसी दिन फोन करके उसे सूचित कर दिया था।

इंटरव्यू के पाँच-छह दिन बाद मेडिकल कॉलेज का चपरासी घर के पते पर आकर एक पत्र दे गया था। उसे खोलकर पढ़ने के बाद जगदीप जी की ख़ुशी की सीमा न रही थी। वह दिवाकर की असिस्टेंट प्रोफेसर पद पर नियुक्ति का पत्र था। वह किसी सपने के सच होने जैसा था जगदीप जी के लिए। वे इस बात से फूले नहीं समा रहे थे कि उनका बेटा आनन-फानन में सरकारी नौकरी में आकर मेडिकल कॉलेज में असिस्टेंट प्रोफेसर बन गया है। उन्होंने उसी समय फोन करके दिवाकर को सूचना दी थी ज्वाइन करने की अन्तिम तिथि के बारे में बता दिया था, जो लगभग महीने भर आगे की थी।

पर दिवाकर ने यह सूचना पाकर कोई बहुत उत्साह नहीं दिखाया था। उसने कहा था, "हाँ, मुझे पता था कि मेरी नियुक्ति हो जाएगी।"

"तो फिर जल्दी आ जाओ और ज्वाइन कर लो। अपने शहर में नौकरी अपने घर पर रहना। इससे अच्छा हमारे लिए और क्या हो सकता है।" वे उत्साहित कह रहे थे।

पर उसकी तरफ़ से कोई उत्साह नज़र नहीं आ रहा था। वह 'ठीक है देखता हूँ', 'ठीक है, देखता हूँ' ही कहे जा रहा था।

उसके बाद, कई दिन यों ही निकल गये। धीरे-धीरे ज्वाइन करने की

अन्तिम तिथि नज़दीक आती जा रही थी कि अन्तिम तिथि से ठीक दो दिन पहले उसने उन्हें फोन पर कहा था, "मैं आ रहा हूँ... परसों तक ज्वाइन कर लूँगा।"

वह आया था, और ज्वाइनिंग की औपचारिकताएँ पूरी करने के बाद, अपने सामान और कार को लेने के लिए दिल्ली चला गया था।

तीसरे दिन जगदीप के छोटे-से घर के सामने एक मारुति आल्टो आ लगी थी।

उसके बाद दिवाकर कार से मेडिकल कॉलेज जाने आने लगा था। जगदीप जी की दुनिया ख़ुशनुमा और रंगभरी हो उठी थी। जगदीप जी अपने-आप को दुनिया का सबसे सुखी आदमी महसूस करने लगे थे।

और इसी तरह कोई चार महीने बीत गये थे।

...उस दिन रविवार था। देखने में सब कुछ सामान्य-जैसा लग रहा था। घर के भीतर टीवी की आवाज़ें थीं और उन्हीं आवाज़ों के साथ दोपहर गुज़र गया था। दूसरे तमाम छुट्टी के दिनों की तरह कार घर के सामने रखी थी।

जगदीप जी यहीं— इसी कुर्सी पर बैठे थे कि तकरीबन चार बजे के आसपास दिवाकर उनके सामने आकर खड़ा हो गया और बोला, "हम जा रहे हैं...।"

सुनकर उन्होंने दिवाकर के चेहरे पर देखा और पूछा, "कहाँ जा रहे हो?"

"कहीं भी।" दिवाकर ने कहा।

"मतलब...?" वे हैरान-से उसकी ओर देख रहे थे।

"मतलब कुछ नहीं। हम थोड़ा ढंग से रहना चाहते हैं, ढंग की जगह पर रहना चाहते हैं...।" दिवाकर ने कहा था।

"तो क्या यहाँ ढंग से नहीं रह रहे?... क्या कमी है यहाँ?... फिर जाना कहाँ चाहते हो, यह तो बताओ!"

"कहीं भी! पर यहाँ नहीं रहना चाहते।"

"क्यों?" वह इस अप्रत्याशित स्थिति के लिए तैयार न थे; इसलिए

उनके दो टूक स्वभाव के तहत शब्द तनिक सख़्त हो उठे, ''पर ढंग से रहने के लिए कहीं और जाने की क्या ज़रूरत है?... यह क्या घर नहीं है?''

''घर तो है, पर भिखारियों जैसा! इस घर के सामने तो मेरी कार भी रखी हुई बुरी लगती है।...'' उसने कहा था।

सुनकर वे अवाक् थे।

और दिवाकर लौटकर घर के भीतर चला गया था। वह कुछ सलाह लेने या किसी बहस के लिए उनके पास नहीं आया था बल्कि अपने निर्णय की सूचना भर देने के लिए आया था।

कुछ ही देर में वह घर के भीतर से सामान से भरे बैगों और पैकेटों को ला-लाकर कार की डिक्की में रखने लगा था। सामान लाने में उसकी मदद शुभंकर भी कर रहा था।

वे सकते में थे। आख़िर यह हो क्या रहा है, वे समझ नहीं पा रहे थे। और अब वे अपने कमरे से निकलकर बाहर आ खड़े हुए थे।

सामान कार में शिफ्ट कर लेने के बाद दिवाकर कार की ओर बढ़ा, तो उन्होंने उससे कहा, ''दिवाकर, यह अपना घर है। जैसा भी है, है तो अपना घर। तुम कहाँ जा रहे हो इस तरह।... मत जाओ बेटा।''

सुनकर दिवाकर ने उनकी ओर देखा— ऐसी निगाह से जो यह कह रही थी कि इस विषय में हमने आप से कोई सलाह नहीं माँगी थी, जो यह सब कह रहे हो।

दिवाकर के पीछे ही शुभंकर भी कार की तरफ़ बढ़ रहा था, तो उन्होंने उससे कहा था, ''शुभू, क्या तुम भी यहाँ नहीं रहोगे?''

शुभंकर ने जवाब में धीरे-से कहा, ''नहीं।''

''क्यों?''

''मैं भी भैया के साथ ही रहूँगा।'' शुभंकर ने इस तरह कहा गोया उसके मुँह से बोल ही नहीं निकल रहा हो।

जगदीप जी ने देखा कि उन दोनों के पीछे ही उनकी माँ भी खड़ी थी। उन्होंने उससे कहा, ''तुम इनसे कुछ क्यों नहीं कह रही हो।''

सुनकर उसने अपना सपाट चेहरा उनकी ओर किया और कहा, ''मैं

का कहूँ, और काये के काजें कहूँ... मैंने कौन-से सुख भोगे हैं जा घर में। मैं तौ जे रहेंगे तहीं रहोंगी।''

सुनकर वे 'सुख' पर अटक गये और सोचने लगे कि सुख की परिभाषा और पहचान दुनिया के हर आदमी के लिए अलग-अलग होती है फिर सुख के बाबत पत्नी से क्या कहा जाए।

उन्होंने दिवाकर से फिर कहा, ''देखो दिवाकर, ये अपना घर है... भिखारियों-जैसा है या राजाओं-जैसा, है तो अपना।... इसे जैसा चाहो, वैसा बनवा लो। पर रहो यहीं।''

जवाब में दिवाकर बोला, ''घर को जैसा चाहें बनवा लें, पर इस मोहल्ले का क्या करें। यह मोहल्ला ही फटीचर— सड़े हुए लोगों का है।... यहाँ कुछ नहीं हो सकता।''

कहकर दिवाकर ने कार की ओर बढ़कर उसका दरवाज़ा खोला और वह उसके भीतर समा गया। उसके पीछे ही शुभंकर और उसकी माँ भी पिछले पल्ले को खोलकर उसके भीतर को सरक लिये।

दिवाकर ने चाबी लगाई तो कार आहिस्ता से गुर्राई। यह देखकर जगदीप जी कार के सामने जा खड़े हुए और ज़ोर से बोले, ''नहीं जाओगे तुम इस तरह।''

देखकर दिवाकर कार से बाहर निकल आया और उनके कन्धे से हाथ लगाते हुए बोला, ''हट जाइए, और हमें निकलने दीजिये।''

''नहीं जा सकते तुम लोग।'' वे चीखे।

आवाज़ सुनकर अड़ोस-पड़ोस के घरों के चेहरे बालकनियों, मुँडेरों और दरवाज़ों पर आ प्रकट हुए।

जगदीप जी कार के सामने खड़े चीख रहे थे, ''मैंने क्या नहीं किया तुम लोगों के लिए। और अब डॉक्टर बन गये, कार वाले बन गये तो...'' कहते हुए जगदीप जी काँप रहे थे और कार के ठीक सामने अड़कर खड़े थे।

दिवाकर ने उन्हें लगभग धकियाते हुए कहा था, ''हट जाइए और हमें जाने दीजिए यहाँ से।'' वह उन्हें कार के सामने से हटा रहा था। जो हो रहा था वह उनके लिए अपमानजनक और नागवार था। उनकी करीब

55 साला ज़िन्दगी में किसी ने इस तरह उनके शरीर को हाथ नहीं लगाया था और उनका अपना 'बड़ा आदमी' बन गया बेटा उन्हें धकियाने की हद तक जा रहा था— यह देखकर उन्होंने अपना हाथ बढ़ा कर दिवाकर की शर्ट का गरेबान जकड़ लिया, और कहा, "पढ़-लिखकर और नौकरी पाकर क्या ख़ुदा हो गया है तू... देखता हूँ तुम कैसे यहाँ से जाते हो... लेकर जाओ कार मेरे ऊपर से निकाल कर।" कहते हुए उन्होंने एक झटके के साथ उसकी शर्ट का कॉलर छोड़ दिया था और थर-थर काँपते शरीर के साथ कार के सामने डटे रहे थे।

लोगों के लिए यह अजीब 'तमाशा' था, जिसे वे देख रहे थे— चुपचाप, आँखें फाड़े। इसके अलावा उन्हें और क्या करना। वे किसी के फटे में क्यों पैर डालें? शहर की यही तो तासीर है। यहाँ किसी-को-किसी से क्या लेना देना। बस, फुर्सत हो तो 'तमाशा' देखो, और टाइम न हो तो आगे बढ़ो।

दिवाकर अब घर और कार से कुछ दूर जाकर मोबाइल पर किसी से बात कर रहा था।

वे कार के आगे खड़े थे डटे हुए। करीब बीस-पचीस मिनट इसी यथास्थिति में बीत गये। शुभंकर और उसकी माँ अब कार से बाहर आकर उसकी बग़ल में खड़े थे। दिवाकर बार-बार किसी से मोबाइल पर बात करता दिख रहा था कि उसी समय गली के मुहाने से एक मोटरसाइकिल 'फट्-फट्' करती हुई उनके द्वार के सामने आ खड़ी हुई थी, जिस पर से दो वर्दीधारी पुलिसमैन उतरकर उनसे मुख़ातिब हो गये, "क्यों? क्या बात है?... और झगड़ा कहाँ हो रहा है?"

दिवाकर तुरन्त उनके पास आया और बोला, "मैंने ही कंट्रोल-रूम फोन किया था।"

सुनकर पुलिसवालों ने उसकी ओर देखा और उनमें से एक जिसकी शर्ट की बाँह पर फीती चिपकी थी बोला, "क्या बात है?... झगड़ा कहाँ हो रहा है?"

जगदीप जी सारा माजरा तुरन्त समझ गये थे। उन्होंने पुलिसवालों से कहा, "भाई साहब, सड़क पर से इधर आ जाइए द्वार पर... मैं आपको

सारी बात बताता हूँ।'' कहकर वे अपने घर के मुख्य द्वार के पास आ खड़े हुए और बोले थे, ''ये हमारा घर है और ये मेरा बेटा है,'' कहते हुए उन्होंने कार के पास खड़े दिवाकर की ओर इंगित किया, ''ये डॉक्टर है।... ये इस घर को छोड़कर जाना चाहता है, और मैं इसे जाने नहीं देना चाह रहा हूँ। अब इसमें झगड़े की क्या बात है?...''

सुनकर दोनों पुलिसवालों ने दिवाकर की तरफ़ देखा। दिवाकर ने कहा, ''हाँ, हम ज़रा ठीक-ठाक जगह पर रहना चाहते हैं इसलिए जा रहे हैं।''

''आपकी शादी हो गयी है?'' पुलिसवाले ने उससे पूछा था।

''नहीं।''

''तो फिर अभी क्यों जा रहे हो?''

''मैंने बताया ना कि हम थोड़ा ठीक जगह पर रहना चाहते हैं, यहाँ नहीं।''

''हम से मतलब और कौन?'' पुलिसमैन ने नुक़्ता पकड़ा था।

दिवाकर ने अपने पास खड़े शुभंकर की ओर इंगित किया, ''ये मेरा छोटा भाई है और वे मेरी माँ हैं...'' कहते हुए उसने शुभंकर के पास खड़ी अपनी माँ की ओर इंगित किया था।

''तो तुम अपने भाई और माँ को अपने साथ ले जाना चाहते हो?''

''हाँ।''

''और ये कौन हैं तुम्हारे?'' पुलिसमैन ने जगदीप जी की ओर देखकर दिवाकर से पूछा था।

''ये मेरे पापा हैं।''

''फिर तुम अपनी माँ को अपने साथ ले के चले जाओगे, तो इनका क्या होगा?... इनका खाना... और...?''

''इनका हम इन्तजाम करेंगे।''

''क्या इन्तजाम करोगे?''

''सब इन्तजाम करेंगे...।''

''जब सभी लोग जा रहे हो तो इनको भी साथ ले के जाओ।'' पुलिस वाले ने तर्क किया था।

''नहीं, इन्हें यहाँ रहने की आदत है... इसलिए...''

''इन्हें यहाँ रहने की आदत है, या अपने साथ रखना नहीं चाहते?'' कहकर पुलिसवाले ने दिवाकर के चेहरे पर देखा था।

जवाब में दिवाकर ने कुछ नहीं कहा।

''तुम्हारा भाई और माँ तुम्हारे साथ जाना चाहते हैं?''

''हाँ...''

''ठीक है, यह तुम्हारे घर का मामला है, इसमें पुलिस क्या कर सकती है।'' फीतीवाले पुलिसमैन ने कहा था।

''तो फिर हम निकलें?'' पुलिसवाले से मुख़ातिब दिवाकर को जैसे वहाँ से चले जाने की जल्दी थी।

''ठीक है...'' पुलिसवाले ने सिर हिलाते हुए सहमति जताई।

सुनकर दिवाकर, शुभंकर और उसकी माँ लगभग पीछा छुड़ाने की-सी हड़बड़ी के साथ कार में आ बैठे।

कार स्टार्ट हुई और आगे बढ़ गयी थी।

जगदीप जी देखते रह गये थे— अकेले, अवाक्।

फीतीवाले पुलिसमैन ने चलते-चलते जगदीप जी से कहा, ''देखो भाई साहब, लड़के बड़े हो गये अब...'' इसके साथ ही मोटर-साइकिल स्टार्ट हुई और आगे बढ़ गयी थी।

उस दिन की शाम हो चली थी। शाम तो रोज़ ही होती थी; पर ऐसी शाम इसके पहले कभी नहीं हुई थी। जगदीप जी को कुछ सूझ नहीं रहा था। उन्हें लगता था कि वे एक अँधेरी-काली रात के बीच हैं। और शहर अनन्त विस्तार वाला एक जंगल है, जिसके बीचोंबीच वे अकेले हैं और उन्हें यह अन्दाज़ा नहीं हो पा रहा है कि किस तरफ़ को चलें कि जंगल से बाहर मनुष्यों की बस्ती में पहुँच जाएँ।...

वे अभी अपने कमरे में अपनी कुर्सी पर थे कि बाहर किसी चीज़ के गिरने की आहट हुई थी। उन्होंने उधर देखा— हॉकर शाम का अख़बार फेंक गया था। वे उठे और अख़बार को लेकर अपनी कुर्सी पर आ बैठे। खोला, देखा— कवर पेज की मुख्य ख़बर का शीर्षक बड़े-बड़े और मोटे

अक्षरों में था— 'सेंसेक्स 17000 के पार।' नीचे, उससे छोटे अक्षरों में सुर्खी लगी थी— 'रिकॉर्ड छलांग, ऊँचाई का शिखर छुआ।' शीर्षक और उपशीर्षक पढ़ने के बाद ख़बर की डिटेल पढ़ने की उनकी इच्छा न रही। वे सोचने लगे थे कि पता नहीं कल के अख़बार में किस 'छलांग' की ख़बर लीड पर हो। सवाल प्राथमिकताओं का है, जो अब बदल रही हैं।

उनकी आँखों के सामने अब काला-निविड़ अन्धकार था।

□□□

णाणं
पयासयं
वीर नि.सं. 2470
ई.सन 1944
भारतीय ज्ञानपीठ